완벽하진 않지만

괜찮은 엄마가 되고 싶어

완벽하진 않지만
괜찮은 엄마가 되고 싶어

조선희 지음

siso

PART 1

처음부터
완벽한
부모는 없다

목차

PART 2
가장
중요한 건
'엄마의 마음'이다

PART 3

육아에
정해진 법칙은
없다

목차

PART 4 엄마가 지치지 않는 행복한 육아생활

/ PART 1 /

처음부터 완벽한 부모는 없다

얼떨결에
엄마가 되었다

대전에서 서울로 출장 가는 기차 안, 저 멀리서 자꾸 아이가 울어댄다.

'왜 저리 애를 울린대, 엄마가 왜 애 우는 줄도 몰라?'

인간은 겪어보지 않은 일에 대해서는 1도 알 수 없다. 우는 아이를 달래지 못하는 엄마의 애끓는 마음을 그때는 전혀 이해하지 못했다. 엄마라면 당연히 애 울음 하나 그치게 하는 것쯤은 아는 줄 알았다. 식당에서 휴대폰 영상을 보여주는 엄마를 질책의 눈초리로 바라봤다. 아이에게는 영상을 보여주고 엄마들끼리 수다 떠는 모습이 얼마나 한심해 보이던지…. 그로부터 불과 2~3년 후 나도 똑같은 모습을 하고 있을 줄 그때는 몰랐다. 그 누구도 겪어보지 않은 일에 대해 함부로 말할 수 없다는 걸 말이다.

/ 처음부터 완벽한 부모는 없다 /

내 나이 스물아홉 6월, 소개로 만난 남편은 대화가 자연스레 이어졌고 외모도 호감이 갔다. 친정엄마가 제비 새끼에게 먹이 물리듯 가져온 소개는 그렇게 성사되지 않더니, 결혼할 인연은 따로 있는 건지 남편과의 첫 만남은 편안한 느낌이었다. 억지로 이끌려는 노력 없이 대화가 술술 진행됐고 네 번째 만나는 날 오리고기 집에서 소주 한잔하며 진솔한 대화를 나누다 그만 손을 잡았다. 그 오리고기 집에 가지 말았어야 했다며 꽤 긴 시간을 얼마나 후회했는지 모른다. 우리는 지나치게 빠른 속도로 부부가 되었다. 6개월 만의 결혼, 이유는 '속도위반'이었다.

서둘러 상견례를 하고 결혼식장을 예약했다. 결혼식에 대한 로망이 크지 않기도 했지만 4~5개월 후 결혼식장은 이미 예약 마감된 곳이 많았다. 어떻게든 그 해를 넘기지 않아야 했기에 12월 중 예약이 가능한 딱 한 군데 예식장에서 선택의 여지 없이 식을 올리기로 했다. 교통도 불편하고 참으로 촌스러웠던 그곳에서 말이다. 그렇게 임신 5개월 무렵 결혼을 했다. 식을 앞두고 유심히 나를 지켜보던 동료 직원이 묻는다.

"똥배야? 날 잡아놓고 왜 살이 붙어?"

모차르트 음악을 들으며 태교에 전념해야 하는데, 태교는커녕 불러오는 배를 감추기에 급급했다. 기분 탓인지 결혼식 이후 닷새간의 신혼여행 중 배가 부쩍 나온 느낌이었다. 신혼여행을 다

/ 완벽하진 않지만 괜찮은 엄마가 되고 싶어 /

녀온 후 옆자리 선배가 사내 메신저로 묻는다.

"선희 씨, 맞지?"

"네, 맞아요."

"그럼 언제 출산이야?"

"6월쯤 될 것 같아요."

"그렇게 빨리?"

사실 예정일은 더 빨랐다. 12월에 결혼하고 이듬해 4월에 출산한다고 솔직히 말할 수 없었다. 거짓말 퍼레이드가 시작됐다. 조산기가 있어 예정보다 일찍 휴직 들어가야 한다고 여기저기 얘기했고 정확한 출산예정일은 남편과 양가 부모님께만 알렸다. 출산 일주일 전까지 꾸역꾸역 출근했다. 주변에 아기를 키우는 사촌언니도, 아는 언니도 없었고 친구들도 아이를 낳은 경험이 없었다. 출산과 육아에 대한 지식이 전무한 상태였다. 출산이 막연히 두려웠지만, 무슨 배짱인지 심각하게 걱정하진 않았다. 산부인과는 오로지 인터넷 검색을 통해 여의사가 있는 곳을 선택했다. 부끄럽고 두려워 성별이 같은 원장님에게 진료받았는데, 첫째를 출산해보니 여의사의 장점을 크게 느끼지 못했다. 부끄러움은 덜했지만, 기대와 달리 세심하지 않았던 기억으로 남았다. 모든 여의사가 그렇지는 않겠지만 말이다. 출산예정일 바로 전날, 마지막 검진 중 제왕절개 수술을 권유받았다.

/ 처음부터 완벽한 부모는 없다 /

"아기가 커요. 머리 직경이 10cm가 넘으면 위험할 수 있어요. 수술하시죠."

아이가 예상보다 더 크고, 아기 머리 직경이 내 골반에 비해 커서 위험할 수 있다고 했다. 사전 지식이 없는 우리 부부는 꿀 먹은 벙어리처럼 입을 다물고 있을 뿐이었다.

'자연분만이 엄마와 아이에게 좋다는데….'

멍하니 바라보자 남편이 말한다.

"우선 밥부터 먹자."

오랜만에 샐러드바가 있는 패밀리레스토랑에 갔다. 하도 검진 때마다 아이가 크다고 해서 8개월부터 먹고 싶은 걸 꾹 참았다. 특히 빵과 떡이 많이 당겼는데, 딱 그 2가지를 주의하라고 했다. 한번은 떡이 너무 먹고 싶어서 흑임자 인절미를 사 들고 와 앉은 자리에서 다 먹기도 했다. 만삭까지 늘어난 내 몸무게에 비해 배 속 아기는 훨씬 컸다. 혼전임신을 숨기느라 급급한 엄마를 위로 하듯, 아기는 감사하게도 열심히 잘 커주었다. 나는 내일 수술이 걱정돼 죽겠는데 '어차피 내일 제왕절개 수술하니 먹고 싶은 거 마음껏 먹으라'는 남편이 야속했다. 하지만 야속한 마음도 잠시, 참아왔던 빵, 피자, 떡을 양껏 먹었다. 맛있게 저녁을 먹고 와 전 부터 싸놓은 병원 가방을 챙겼다. 물어볼 데, 상의할 데 없어 임 신·육아 책을 보며 출산준비를 했다.

/ 완벽하진 않지만 괜찮은 엄마가 되고 싶어 /

다음 날 아침 9시에 수술이 잡혀 있었다. 새벽같이 일어나 병원에 갔다. 링거 꽂고 제모하고 약 부작용 테스트를 하며 수술을 기다렸다. 걸어서 수술실에 들어가는 내게 친정엄마와 신랑이 잘하고 오라며 등을 두드려 주었지만, 많이 무섭고 떨렸다.

"따끔합니다."

하반신 마취 주사가 등에 놓였다. 10여 분 후, 아기를 배 속에서 빼내느라 몸이 심하게 흔들렸고 드라마에서만 들어본 아기 울음소리가 들렸다. 목청을 다해 우는, 생전 처음 들어보는 아기 울음소리였다.

"산모님, 아기 한번 보세요."

수술 시작 17분 만에 아기를 만났다. 2012년 4월 17일 오전 09시 17분. 나는 그렇게 얼떨결에 엄마가 되었다.

모든 게
꿈이길 바랐다

수술 후 회복실에서 아기를 처음 맞이했다. 아기는 투명한 플라스틱 바구니에 담겨 내 오른편에 있었다. 몽롱한 와중 고개를 돌려 바라보았다.

'내가 아기를 낳았다고?'

도통 실감이 나지 않았다. 간호사 선생님은 젖 한번 물려 보라며 아이를 가슴팍에 올려주었다. 젖이 나오지 않았다. 저절로 나올 줄 알았던 젖이 한 방울도 안 나온다. 맙소사… 젖이 불어 딱딱하고 아팠지만, 전혀 나오지 않았다. 감기몸살도 아니고 젖몸살이라니. 열이 오르고 오한이 왔다. 힘껏 젖을 빨다 지친 아기는 목청껏 울어댔고, 분유를 타야 하는데 젖병이 부족했다. 조리차 친정에서 지내는 동안 애가 울기만 하면 부모님은 젖을 물리라고 하셨다. 친정아버지 앞에서도 부끄러운 줄 모르고 수유패드를 허리에 끼고 젖가슴을 휑하니 내놓은 채로 젖을 물렸다. 당시에는 가슴은 그저 젖이 나오는 기능을 가진 신체의 일부 정도로 생각했다. 잘못된 자세로 젖을 물리다 보니 젖꼭지는 다 부르트고 피가 날 지경이다. 아버지는 그런 딸이 안쓰러웠는지 약국에서 연고를 사다 주셨다. 그 와중에도 나는 아이만 온전히 바라보지 않는 넋 나간 엄마였다.

　친정엄마가 어디서 들었는지 유방마사지를 잘하는 곳이라며 전화번호와 함께 10만 원을 쥐여주셨다. 아마 내가 돈이 아까워서 마사지 받으러 못 간다고 생각하신 모양이다. 산부인과와 조리원에서 서비스 마사지를 받았지만, 아프기만 하고 가슴이 딱딱해질 뿐 정작 나와야 할 젖은 나오지 않았다. 별 효과가 없어서 체념했는데, 모유수유를 위한 유방마사지에도 정통이 있단다. 예약 후 찾은 생소한 마사지 샵의 문을 열자마자 진한 아기 냄새가 났다. 입구 파티션을 지나 들어서니 나 같은 산모 서너 명이 가슴을 내놓고 누워있었다. 일본에서 시작되었다는 유서 깊은 마사지는 40~50분 정도 걸렸다. 부드러운 손길로 뭉친 가슴을 풀고, 유선을 차례차례 비웠다. 신기하게 아프지 않았다. 젖을 짜서 길을 트는 방식인가 보다. 완모(완전 모유수유)를 위해 온 가족이 투입되었다. 내가 먼저 가서 마사지로 유선을 풀고, 끝날

017

무렵 남편과 친정엄마가 아기를 데리고 마사지 샵으로 왔다. 다행히 두어 차례 마사지를 받은 후부터 모유수유가 훨씬 수월해졌다. 그 후로 젖몸살 기운이 있을 때, 젖을 뗄 때 마사지 샵에서 했던 방식대로 화장실에서 샤워하며 셀프로 가슴을 풀었다. 모유수유도 원활해졌고, 아이도 건강한데, 친정 조리 중 한 달 내내 표정이 어두운 딸을 보니 친정엄마도 속상하셨던 모양이다. 어느 날, 엄마가 넋두리하듯 말씀하셨다.

"야~ 아기 건강하게 낳은 거 감사하게 생각해. 뭐가 그렇게 힘들어. 엄마가 정신을 차려야지."

황달 수치조차 평균 이내인 고마운 아기. 아무 걱정거리도 안 겨주지 않은 귀한 아이를 안고 감사한 점을 잊은 채 부족한 현실만 생각했다.

'아무 준비 없이 이 귀한 생명을 맞이했구나.'

'남들과 다른 시작으로 내 마음 힘든 것만 생각했구나.'

죄책감이 들었고 아이에게 한없이 미안했다. 결혼하며 마주한 새로운 상황이 힘에 부쳤다. 꿈꾸어 온, 상상했던 장면과 매 순간 달랐다. 아기용품점에서 환희에 찬 표정으로 아기 옷과 앙증맞은 신발을 고를 여유가 없는 현실을 마주하며 '앞으로 어떻게 살아야 하나, 이 사람과 가는 길이 순탄할까, 지금 일어난 일들은 꿈이 아닌 현실인가, 돈이 없어서 어떡하지, 사무실에는 어떻게 얘기하지, 휴직은 1년 하면 될까, 1년 후 복직할 때 아이는 어디에 맡기지…' 온통 현실적인 고민만 머릿속에 가득했다. 마음에 들지 않는 지금 이 현실이 모두 꿈이었으면 좋겠다고 생각했다. 어린 시절 겪은 남동생의 교통사고 때처럼 매일매일 현실이 꿈이기를 바랐다.

나는 10살, 동생은 7살이던 어느 날 남동생과 둘이서 아이스크림을 사러 가다가 동생이 교통사고를 당했다. 차가 많이 다니지 않는 주택가였는데, 앞만 보고 가다가 택시에 치인 것이다. 길을 건너지 않아도 슈퍼가 있었지만, 아빠가 좋아하는 '파시통통'은 길 건너 편의점에만 팔았기에 어쩔 수 없이 길을 건널 수밖에 없었다. 나보다 두어 발짝 앞서가던 동생은 사고로 다리를 크게 다쳤다. 신고 있던 슬리퍼 발등 부분이 다 끊어질 정도로 사고가 컸다. 그 충격이 얼마나 컸는지 나는 교통사고 전후 사정이 기억나지 않는다. 뒤쫓아 가던 내가 이 정도인데, 당사자인 동생은 어땠을까? 사고 후 찾아온 친척들은 당시의 상황을 나에게 물었다. 왜 네가 동생을 붙잡지 않았냐고 했다.

'내가 동생을 뛰지 말라고 붙잡았어야 했는데….'

사고력과 표현력이 부족한 나는 모든 상황이 내 탓처럼 느껴졌다. 내가 동생을 붙잡았다면 일어나지 않았을 교통사고였다. 내가 붙잡지 않았기 때문에 동생이 다쳤다는 죄책감이 나를 짓

눌렀다. 동생이 입원한 병원에서 잠자고 깰 때마다 몇 번이고 '지금은 꿈을 꾸고 있는 거야'라고 생각했다. 현실은 그런 내 바람과 달리 냉혹했다. 고향 병원에서는 손쓸 방법이 없다며 서울 큰 병원으로 가라고 했다. 매일매일 꿈이기를 바랐다. 다행히 동생은 좋은 외과 원장님을 만나 사고 부위 손상이 심해 절단 위기가 올 수 있다는 절망적인 예상과 달리 잘 회복되어 185cm의 훤칠한 성인으로 성장했다. 청주 병원에 입원했을 때, 사고 낸 운전자가 찾아왔다. 택시를 운전하는 분이었다. 정말 죄송하다며 검정 봉지에 담긴 백도를 사 오셨다. 그 정신없는 와중에 엄마가 닦아주신 백도는 참 달고 맛있었다. 단물이 가득 찬 백도를 먹다 단물이 팔꿈치로 흘러내렸다.

병원에서 온 가족이 함께 자고 동생의 차도를 지켜보던 그때, 병원 바닥에서 자고 일어날 때마다 꿈이었으면 좋겠다는 생각을 했다. 눈앞의 충격적인 상황과 슬픔, 10살인 내게 버거웠던 그때, 현실이 꿈이기를 바랐던 10살 때처럼 결혼과 출산 후 하루하루가 꿈이기를 바랐다.

다시 서른 살의 엄마가 된다면

첫아이를 낳은 2012년에는 예방접종 상당수가 유료인 데다 병원마다 가격도 달랐다. 일부 백신은 보건소에서 무료로 실시했고 생후 1개월 이내 필수 예방접종인 BCG 접종은 보건소는 무료, 소아과는 6만 원이었다. 지금도 적은 돈은 아니지만, 당시 6만 원의 무게는 훨씬 무겁게 느껴졌다. 고민의 여지 없이 보건소 접종을 선택했다. 어떤 백신의 효능이 우수한지 따질 경제적 여유가 없는 상황이라 무료 접종을 하기 위해 늘 보건소로 향했다. 여섯 살 무렵, 어린이집에 다녀온 아이가 물었다.

"엄마, 왜 나는 팔에 점이 없어?"

"응, 어깨에 맞아서 그래. 봐봐. 거기 자국 있지?"

지나고 보니 미안한 일이 아닌데 당시에는 아이에게 미안한

/ 완벽하진 않지만 괜찮은 엄마가 되고 싶어 /

마음이 들었다. 집 앞 가까운 소아과를 놔두고, 태어난 지 한 달이 안 된 신생아를 한참 차에 태워 보건소 가서 주사를 접종시켰던 게 미안했다. 근데 어디 아이에게 미안한 마음뿐이었을까? 남들과 다른 상황에 서글펐던 내 마음이 더 힘들었다. '어깨에 맞추는 보건소 방식이 낫다, 팔뚝에 맞추는 소아과 방식이 낫다' 여전히 의견이 분분한가 보다. 왜 소아과에서 접종시키지 않고 보건소에서 맞췄냐는 질문에 난처했던 때가 있었지만, 아이는 아무 문제 없이 잘 자라고 있기에 지금은 왜 그랬나 싶다.

첫째 돌 전, 대형마트 문화센터에 딱 한 번 다녔다. 도대체 문화센터에서 뭘 하는지 궁금했다. 노래에 맞추어 베이비 마사지, 뗐다 붙였다 놀이, 끝난 후 엄마들과의 대화가 주요 흐름이었다. 겨울 외출복이 한 벌뿐인 우리 아이는 매주 같은 옷인데 상하복은 물론 외투까지 바꿔가며 꽃단장한 아이들이 눈에 들어왔다. 우리 애는 아직 신발이 없어 두꺼운 양말을 두 개 신겨 가는데 다른 집 아이들은 운동화, 구두, 방한화를 번갈아 신고 왔다. '아직 걷지도 못하는데, 신발이 왜 저렇게 많아?'라고 생각하다가도 양말을 두 겹 신은 우리 아이 발이 딱해 보였다. 문화센터 프로그램이 끝난 후 단체로 유모차를 끌고 들어간 커피숍에서는 괜한 주눅으로 대화에 잘 어울리지 못했다.

문화센터 학기가 마감된 후, 돌아가며 집에서 만나자는 이야기가 흘러나왔다. 어쩜 그렇게들 몇 번 안 보고도 언니라 부르며 서로 잘 어울리는지, 나만 사회 부적응자 같았다. 거실이 없는 우리 집은 너무 초라해서 누군가를 초대한다는 게 불편했다. 이 런저런 핑계를 대며 다른 집 모임에도 참여하지 않았는데, 모임 을 끝낸 후 단체 카톡방에서 주고받는 대화를 보니 안 가길 잘했 다는 생각이 들었다.

"언니, 그 커피 머신기 어디 꺼예요?"

"언니, 리모델링 어디서 했어요?"

집에 초대도 안 해, 오라고 해도 안 와, 카톡 대화방에서 빠지 자니 뭐라고 말을 꺼낼지 모르겠고, 남자니 뻘쭘했다. 몇 차례의 집들이가 지나가니 복직 시기가 다가왔다. 카톡 대화방에 그동 안 감사했다며 나는 이제 복직을 하게 되었고, 모두 잘 지내라는 인사를 건네고 퇴장했다. 10년 전에는 조리원 동기, 문화센터 동 기, 여러 가지 동기 모임이 있었는데, 요즘도 그런지 모르겠다. 나는 아이를 매개로 만나는 동기 모임에 취약하다. 어울리는 방 법을 잘 모르겠다. '제대로 된 동기 모임 하나쯤은 있어야 육아 정보도 공유하고 외롭지 않을 텐데…'라는 근거 없는 우려도 잠 시 했으나 없어도 괜찮다. 아주 괜찮다.

다시 그때로 돌아간다면 서른 살의 나를 토닥이고 싶다.

'지금 참 힘들지? 아이한테 미안하지? 근데 뭐가 그렇게 미안한 거야? 소아과 BCG 못 맞춘 거? 문화센터 아이들과 못 놀게 해준 거? 조리원 동기 안 만들어 준 거? 예쁜 옷 못 입힌 거? 겨울 신발 없이 양말 2개 신겨간 거? 미안한 마음은 들겠지만 미안해하지 않아도 돼. 하루종일 살 부비며 까르르 웃음 짓게 해주는 것만으로 충분해. 아이한테 정말 필요한 건 따뜻한 엄마 품이지, 소아과 BCG도, 또래 친구도, 예쁜 옷과 신발도 아니야. 브랜드 새 책 못 사준 대신, 집에 있는 책 많이 읽어주잖아. 아 참, 노래! 노래 참 많이 불러주지? 재울 때, 유모차 탈 때, 하루종일 수시로 노래 많이 불러주잖아. 많이 안아주고 눈 맞추고 웃음 주고 노래 불러주고 그거면 됐어. 충분해. 지금처럼 아기 많이 품어줘. 다른 걱정하지 말고, 미안한 마음 갖지 말고. 잘 클 거야. 걱정하지 마. 알았지?'

/ 처음부터 완벽한 부모는 없다 /

돈보다 사랑이 넘치는
가정을 만들기로 했다

공기업에 다니는 남편, 공무원 아내… 남들이 보기에는 아무 걱정 없어 보이지만, 들여다보면 속사정 없는 집은 없다. 혼전임신으로 별다른 고민 없이 남편과의 결혼을 결정했으나 남편은 결혼자금이 없었다. 시댁에 기댈 수 있는 형편도 아니었고, 남편은 결혼자금이 없는 것도 모자라 어느 날 내게 빚 고백(?)을 했다. 내가 모아두었던 결혼자금만큼의 빚이었다. 그날 남편과 둘이 부둥켜안고 얼마나 꺽꺽 울었는지 모른다.

나는 부유하진 않았지만 그렇다고 경제적 어려움을 겪으며 자라지도 않았다. '빚'은 집을 살 때나 생기는 건 줄 알았다. 남편에게 그동안 번 돈은 다 어쨌냐고 물으니 막냇동생 대학공부를 시켰다고 했다. 수중에 남은 얼마 안 되는 돈으로 주식투자를 했

/ 완벽하진 않지만 괜찮은 엄마가 되고 싶어 /

고 자금이 부족하자 대출을 받았다는 것이다. 나는 주식투자를 빚으로도 할 수 있다는 걸 그때 처음 알았다. 그렇게 돈을 벌어 결혼자금을 마련할 계획이었다고 했다.

결혼 전, 연애 기간 중에 나는 17평 복도식 아파트를 샀다. 애초 전세로 살았는데 아파트 가격이 계속 올라 부모님 돈을 보태서 바로 옆 동에 매물로 나온 아파트를 샀다. 결혼할 때는 전세를 내주고 전세금을 결혼자금으로 쓸 계획이었다. 그러나 그 계획은 산산이 부서져 버리고 말았다. 결국 내가 결혼 전에 살던 자취방이 고스란히 신혼집이 되었다. 주변에 결혼한다는 소식을 전하니 모두 약속한 듯 신혼집은 어디에 마련했냐고 물어왔다. 3개 단지 중 2개 단지는 임대, 1개 단지는 일반이었던 17평 복도식 아파트에 대해 인근 주민들은 유달리 편견이 많았다. 애초에 집을 샀다고 여기저기 말하지 않았기에 결혼하며 장만한 것처럼 에둘러 포장했다.

친정 부모님은 남편에게 결혼자금이 없다는 정도만 알고 계셨고, 특히 아버지는 가진 게 아무것도 없다는데도, 남편을 마음에 들어 하셨다. 아버지의 안목, 연륜은 괜한 게 아니었나 보다. 아버지의 안목 덕분에 집안 반대에 부딪혀 방황하는 드라마 여주인공이 되지 않을 수 있었고, 돌이켜 생각하니 참 감사하다는 생각이 든다.

아기자기 예쁜 신혼살림은 언감생심이어서 수저만 새로 5벌을 샀다. 수저를 사 가는 내게 그릇집 아주머니는 "새댁, 사는 김에 10벌을 사지, 왜 5벌만 사요. 손님들 오면 모자라"라고 했지만 속으로 '집이 좁아서 손님들 초대할 수도 없어요' 하며 쓴웃음을 지은 채 나왔다. 나라고 왜 수저 10벌, 양문형 냉장고, 12자 옷장이 사고 싶지 않았겠는가. 남들에겐 평범한 결혼 준비가 어느새 내겐 로망이 되어버리고 말았다. 경제적 결핍은 결혼부터 시작해 아이를 낳은 후에도 현재진행형이었다. '경제적으로 자유롭지 못한 부모가 해줄 수 있는 건 무엇일까? 우리가 아이에게 남겨줄 수 있는 게 무엇일까? 돈은 없지만, 뭘 줄 수 있을까?' 생각하고 또 고민했다. 그러다 보니 문득 내 유년시절, 한 장면이 떠올랐다.

초등학교 6학년 같은 반 친구가 어느 날 가방에서 부스럭부스럭 봉투 하나를 꺼냈다.

"효림아, 그게 뭐야?"

"엄마가 편지 줬어."

"엄마가 편지를 써 줘?"

"응, 엄마랑 나랑 편지로 얘기할 때가 있거든."

나는 엄마와 편지로 소통한다는 친구가 새삼 너무 생소하게 다가왔다. 남도 아니고 엄마와 편지를 주고받는다니… 왠지 모

르게 부럽고 멋지다고 느껴졌다. 나도 엄마에게 편지를 받고 싶다는 생각이 들었다. 또 하나의 장면도 떠올랐다. 내가 초등학교 4학년 때 선생님은 이런 질문을 하신 적이 있었다.

"집에서 엄마, 아빠 싸우는 거 한 번도 못 본 사람?"

그때 50여 명 중 한 아이가 슬며시 손을 들었다. 학급 친구들은 모두 놀랐고 선생님은 정말 훌륭한 부모님이시라며 입에 침이 마르도록 칭찬하셨다.

'우리 엄마, 아빠는 정기적으로 약속한 듯이 파이팅을 하시는데 무슨 말이야. 말이 돼?'

나는 그 친구가 거짓말을 한다고 생각했다. 우리 집도 특별한 가정불화는 없었으나 부모님은 한 달에 한두 번씩 정기적으로 투닥거리셨다. 그런 날이면 학교에 가기 싫고 무섭고 외로웠다. 어린아이에게 집은 그 자체로 세상 전부이고, 부모가 싸운다는 건 지옥에 사는 것과 다를 바 없는 느낌이었다. 그런 여러 기억이 내 머릿속을 스치고 나자 한 가지가 떠올랐다.

'그래, 돈으로 살 수 없는 가족의 문화를 물려주자.'

사이좋은 부모, 수시로 사랑을 속삭이는 부모, 다정하게 대화하는 부모의 모습을 아이들이 매일 바라볼 수 있다면 어떨까. 그런 부모 밑에서 자란 아이가 엇나갈 수 있을까 하는 생각이 들었다. 6개월의 짧은 연애, 결혼은 했으나 존댓말 반, 반말 반 비록

/ 완벽하진 않지만 괜찮은 엄마가 되고 싶어 /

쑥스럽기도 한 어설픈 부부 사이지만, 생각 공유를 위한 대화만큼은 끊이지 않게 노력하기로 마음먹었다. 또 우리는 사랑한다는 말을 의식적으로 끊임없이 하려 노력했다. 어색함을 없애기까지 한참이나 시간이 걸렸지만, 의도적으로 자주 했던 말이기도 하다. 부부간에도, 아이들에게도 틈만 나면 속삭였다.

나는 긍정적인 말의 힘을 믿는다. 우리 부부가 고심 끝에 내린 경제적 결핍 극복의 해결법은 '사랑 넘치는 부부가 되기, 우리 집만의 다정하고 따뜻한 가족문화 만들기'이다. 우리 아이들도 밖에 나가서 "저는 부모님이 싸우시는 걸 한 번도 본 적이 없어요"라는 말을 자랑스레 할 수 있게 말이다.

나만 육아가
힘든 게 아니다

여느 평일보다 느지막이 집을 나서 기차역으로 가는 출장길, 역사와 전통을 자랑하는 오랜 라디오 프로그램을 들으며 운전하는 중이었다. 담담한 목소리의 진행자는 말했다. 비교는 어떤 비교든 좋을 게 없다지만 세대 간 비교는 열외라며 가장 힘든 세대는 30대라고 했다. 보건복지부 조사 결과, 30대가 가장 행복지수가 낮고 힘든 세대라고 말이다. 현재 30대, 내 안의 30대, 미래의 30대 모두를 응원한다는 멘트에 이어 흘러나오는 김광석의 '서른 즈음에'를 듣다가 울어버릴 뻔했다.

'점점 더 멀어져간다. 머물러 있는 청춘인 줄 알았는데, 또 하루 잊혀져 간다. 매일 이별하며 살고 있구나. 계절은 다시 돌아오지만 떠나간 내 사랑은 어디에. 내가 떠나보낸 것도 아닌데,

/ 완벽하진 않지만 괜찮은 엄마가 되고 싶어 /

내가 떠나온 것도 아닌데…'

마흔이 된 지 딱 보름이 지난 그날, 돌이켜보니 나의 30대도 힘겹고 버거웠다. 온통 처음 겪는 일에 주위 둘러볼 겨를이 없는 데다 그저 눈앞에 닥친 상황을 해결하기 급급했다. 가정을 꾸렸지만 상상과 달랐고, 우는 아이 어르기는 밤새워 일하는 것보다, 시험공부하는 것보다 어렵고, 그놈에 돈은 아끼고 아껴도 모자랐다. 그전까지는 내가 마음먹는 대로 삶이 끌려왔는데, 30대에는 내가 삶에 질질 끌려가는 느낌이었다. 그냥 살아지는 대로 살기도 버거웠다. 공부를 줄곧 잘했던 고등학교 친구는 30대 중반에 결혼해 아이를 낳았다. 출산 후 친구는 "나 태어나서 이런 느낌은 처음이야. 이제까지 내가 뭘 못해서 스트레스 받은 적이 없었는데 미칠 것 같아"라고 하소연했다. 공부면 공부, 노래면 노래, 리더십이면 리더십, 열등감과 거리가 먼 친구는 결혼하고 아이를 키우며 처음으로 열등감을 느꼈단다.

며칠 전 컴퓨터에 저장된 사진을 온 식구가 본 적이 있다. 아이들이 노는 사진 속에 나는 주로 누운 뒷모습이 찍혀있었다. 아마 주말에 집에 있는 모습을 남편이 찍었나 보다. 모로 누운 엄마에게 기대어 놀고 있는 두 아이 사진이 유독 많았다. 사진을 넘기다 지금보다 훨씬 나이 든 모습의 내 정면 사진이 등장했다. 5~6년 전 사진인데 지금이 오히려 더 젊어 보인다. 그때의 마음

/ 처음부터 완벽한 부모는 없다 /

고생이 얼굴에 온전히 드러나 있었다. 점을 빼고 안 빼고, 피부가 좋고 안 좋고, 배가 나오고 안 나오고 문제가 아니다. 월급이 들어오자마자 대출 원리금에 이어 카드 결제액이 빠져나간 후의 그 공허감을 어떻게 표현할까. 월급 받은 지 닷새밖에 안 지났는데 생활비가 얼마 남지 않은 상황, 그 절박함을 느껴본 이만 안다. 똑 떨어진 현금 대신 카드로 생활하다가 월급이 들어오면 또다시 카드대금으로 다 빠져나가는 상황, 카드깡 아닌 카드깡으로 다달이 버텼다. 여름 휴가라도 다녀오면 휴가 때 쓴 카드값 때문에 휴가 이후 몇 달간 궁핍하게 생활해야 했다. 그렇다고 풀빌라나 근사한 독채에 묵은 것도 아니고, 끝내주게 잘 먹은 것도 아닌데 말이다. 내 삶이 계속 그럴까 봐 무서웠다. 한번은 이런 내 고민에 선배는 말했다.

"40대 되고 시간 지나면 훨씬 나아져. 괜찮아질 거야."

'과연 나아질까? 지금보다 나아질까? 더욱 성숙한 후 아이를 낳았다면 상황이 달랐을까? 아니면 나이와 상관없이 어차피 힘들었을까? 나는 내 감정 추스르며 살기에도 벅찬 미약한 인간인데 내가 택한 이 길이 나와 맞지 않는 게 아닐까? 애먼 아이만 희생시키는 게 아닐까?'

그렇게 가보지 못한 길을 그리워했다. 결혼이 애초 나와 맞지 않았다며 숱하게 자책했다.

'나는 당최 복잡한 사람인데, 안 그래도 머릿속이 오만 생각으로 꽉 차 있는, 쓸데없는 걱정까지 끌어안고 사는 피곤한 사람인데, 평범한 결혼생활이더라도 충분히 버거웠을 텐데, 그렇지 않은 상황이라 곱절 힘들게 느껴지는 걸까? 결혼하지 않았다면 지금보다 나았을까? 툭하면 결혼은 언제 할 거냐는 질문으로부터 자유로울 수 있었을까? 그 시선을 가볍게 무시할 수 있었을까?'

머릿속에서 도돌이표를 그리며 무한히 자문했다. 30대가 이렇게 힘들다고 누가 좀 알려줬다면 좀 더 나은 결정과 선택을 할 수 있었을까? 나는 20대에도 인생에 대해 고민하고 취업하느라 똥 빠졌는데, 30대에도 계속 힘들 줄 몰랐다. 원래 좀 힘든 거라고 믿을 만한 누군가 귀띔해줬다면 좀 덜 힘들었을까? 나보다 딱 10살 많은 직장 선배가 말하길, 다 큰 아이들을 보면 꼬물꼬물 어릴 적 모습이 사무치게 그립고 눈에 선하지만, 절대 그때로 돌아가고 싶지는 않다고 한다. 나도 나중에 똑같이 말할 것 같다. 모성애가 부족해서가 아니다. 육아는 정말이지 어렵다. 모성애 이야기가 나와서 말인데, 모성애는 엄마라면 원래부터 가진 본능은 아닌 것 같다. 낳은 정보다 기른 정이라고, 기르다 보니 아이가 점점 예뻐지고, 내가 진짜 엄마구나 실감하는 거지, 낳자마자 엄마로서의 모성애가 샘솟는 느낌을 나는 받지 못했다. 육아가 버겁게 느껴질 때면 생각했다.

'하물며 강아지 한 마리를 키워도 예방주사 맞추고, 목욕시키고, 미용실 데려가고, 건강보험 적용도 안 되는 동물병원에 데려가는 공을 들이는데, 만물의 영장인 사람을 키우는 일은 오죽할까.'

육아는 어려운 게 당연하다. 육아하며 보낸 나의 30대는 처절히 더 힘들었다. 그 힘든 걸 우리가 버텨내고 있는 거다.

우리는 너무
부족한 부모였다

둘째를 낳고 복직한 후 경리업무를 맡게 되었다. 계약을 체결하고, 대금을 지급하는 업무를 하는 담당자는 필수로 공직자 재산등록을 해야 했다. 재산등록은 비교적 높은 계급 공무원부터 해당되는데, 경리업무 담당자는 계급에 상관없이 재산등록을 해야 한다. 등록할 재산이 많지도 않으니 내겐 그냥 귀찮은 한 가지 업무가 추가된 셈이었다. 그런데 남편이 내 눈치를 슬슬 보기 시작했다. 재산등록 기간은 업무를 맡은 날짜로부터 2개월 되는 날까지였는데, 보름쯤 남았을 때 남편이 내게 할 말이 있다고 했다.

"나 믿지?"

"뭐? 왜?"

"나 믿냐고."

"뭔 소리야?"

한참이나 뜸을 들이고는 운을 뗀다.

"미안한데, 내가 주식을 했어."

"뭐? 주식?"

혼전임신으로 결혼을 결심한 이후로 오랜만에 듣는 단어였다.

"무슨 돈으로?"

"대출 받아서."

"얼마?"

"2천만 원."

잠시간 정적이 흘렀다.

"미쳤어?"

정말이지 어이가 없었다. 기가 찼다. 지금 이렇게 고단하게 조이며 살아가는 이유도 결혼 전 주식투자로 빚을 졌기 때문인데, 대체 이 남자는 나에게 왜 이러는 걸까 싶었다. 이런 인간과 결혼한 나는 똥멍청이인가? 참 야속하다. 나는 왜 이런 사람을 만났을까? 남편은 서로 부둥켜안고 껵껵 울었던 그날 밤을 벌써 잊은 것 같았다. 끝을 내기로 마음먹었다. 도대체 무슨 생각인지 궁금했다.

"그래서 앞으로 뭐 어쩌려고?"

"정리했어. 재산신고 한다고 해서 다 팔고 정리해서 대출 다 갚았어. 근데… 조금 벌었어."

남편이 끄트머리에 갖다 붙인 말에 나는 더욱 화가 났다. 벌었다고 하면 내 마음이 눈 녹듯 사그라들 줄 알았나 보다.

아마 이때부터였나 보다. 남편 뒤통수에 대고 안 들릴 정도로 욕을 하기 시작한 게. 난 정말 단단히 화가 났다. 신뢰가 아예 사라졌다. 이 남자에 대해 아무것도 믿을 수가 없었다. 이 사기꾼 같은 인간의 말은 들을 가치도 없었고, 얼굴을 보기도 싫었다. 그날 저녁부터 나는 남편을 투명인간 취급했고, 단 한 마디도 섞지 않았다. 2~3일간 냉전 후 남편에게 문자를 보냈다.

"양육비는 150만 원, 위자료는 지금 사는 집."

그냥 던진 말이 아니었다. 난생처음 검색창에 '위자료'와 '양육비'를 쳐 보았다. 내가 제시한 양육비는 다소 세지만, 시작하며 손해본 만큼 세게 불렀다. 지금 사는 집은 전세에 쫓기고 쫓겨 주택담보대출에 마이너스통장까지 개통해 우리 돈보다 은행 지분이 훨씬 더 많은 배보다 배꼽이 더 큰 무늬만 내 집이었다. 게다가 대출과 마이너스통장은 대출이 잘 나온다는 공무원이라는 신분을 기반으로 받은 내 명의의 대출이었다. 집을 2억 5천에 샀는데 대출금이 2억이었다. 위자료로 받을 게 없으니 대출 많은 이 집이라도 위자료로 받아야겠다는 데에 생각이 닿았다. 그

/ 완벽하진 않지만 괜찮은 엄마가 되고 싶어 /

날 밤, 남편이 무릎을 꿇었다.

"진짜 미안해."

나는 영혼 없이 TV에 시선을 고정한 채 묵묵부답이었다. 그무렵 나는 무기력에 빠질 때면, 아이들을 재우고 밤새도록 TV를봤다. 그저 눈물만 또르르 흘렀다.

'뭐가 달라질 수 있을까? 지금 내가 남편의 용서를 받아들인다면 무엇이 달라질 수 있을까? 내가 고집을 피운다고 무엇이달라질까? 싫다, 싫어. 모두 다 싫다. 우리에게 빛이 찾아올까?그렇다고 낳아 놓은 아이 둘은 무엇으로 책임질 수 있을까? 우리 엄마, 아빠가 한두 달에 한 번씩만 투닥거려도 지옥 같았는데, 저 천진한 아이들에게 길고 긴 지옥을 안겨주기는 싫다. 가정법원에 가면 지금보다 상황이 좋아질까? 마음이 편안할까? 누구를 위한 이혼일까?'

번개보다 빠른 속도로 꼬리에 꼬리를 무는 생각과 질문들이이어졌다.

"미안해. 나도 잘 해보려고 했어. 선희가 돈 때문에 맨날 힘들어하는 거, 어떻게든 벗어나게 하고 싶었어. 나 때문에 힘든 거니까, 어떻게든 해결해보고 싶었어. 앞으로는 절대 이런 일 없을거야. 이제 아무것도 안 할게."

이혼은 그냥 던져본 말이 아니었지만, 조용히 주워 담을 수밖

/ 완벽하진 않지만 괜찮은 엄마가 되고 싶어 /

에 없었다. 이혼은 최선이 아니니까. 살아갈 방도를 찾아봐야 했다. 낳아 놓은 아이 둘을 어떻게든 책임져야겠다는 생각뿐이었다. 우리는 그렇게나 부족한 부모였다.

/ 처음부터 완벽한 부모는 없다 /

/ PART 2 /

가장 중요한 건 '엄마의 마음'이다

나는 책으로
우울증을 이겼다

　　결혼 후 넉 달 만의 출산, 남편의 빚 고백, 빚 상환에 대한 걱정, 가벼운 통장, 임대아파트 단지 안의 17평 복도식 아파트, 형편이 나아지지 않을 수 있다는 불안감, 남편과 나의 월급으로는 불가능한 남들만큼의 생활…. 엎친 데 덮친 격으로 오래 만났던 전 남자친구가 폭탄을 터뜨렸다. 전 남자친구는 대학 동기로 대학 시절 연애를 시작해 긴 시간을 만났다. 헤어짐에 서툴렀던 나의 실수 반, 전 남자친구의 옹졸함 반으로 이별한 후 호되게 힘들었다. 남자친구와 헤어진 직후 남편을 만났는데 너무 이른 결혼 소식에 오해가 있었나 보다. 한꺼번에 둘을 만난 시간은 단 하루도 겹치지 않는데 분이 풀리지 않은 전 남자친구는 절친한 대학 동기들에게 내 험담을 퍼뜨렸다.

/ 가장 중요한 건 '엄마의 마음'이다 /

당시 나는 임신 중이었다. 시간이 흐르면 무사히 지나가리라 여겼다. 그러나 내 뜻과는 다르게 친구들과 점점 멀어지고 있었다. 기숙사 생활을 하며 친자매처럼 4년간 동고동락하며 지낸 친구 여럿이 결혼식에 오지 않았다. 결혼과 출산 후 현실을 받아들이기에도 벅찬 상황에서 예상치 못한 친구들 문제까지 더해져 머리가 멍했다. 핏덩이 아기를 안고 친구 문제로 고민하는 스스로가 얼마나 한심스러웠는지 모른다. 생각을 그만하기로 다짐하고 또 다짐해도 내 맘대로 멈출 수가 없었다. 육아 고민, 돈 걱정, 빚 걱정, 친구 고민에 빠졌다가 잠깐 잊은 듯싶으면 다시 또, 육아 고민, 돈 걱정, 빚 걱정, 친구 고민에 사로잡혔다.

'맞다! 폴레폴레 카페!'

잊고 지냈던 이지성 작가 팬카페가 문득 생각났다. 스물여섯에 『꿈꾸는 다락방』을 읽은 후 이지성 작가의 팬이 되었고 팬 미팅에 참여할 정도로 호감을 느꼈다. 그날 이후 아이를 재우고 틈날 때마다 폴레폴레 카페를 찾았다. 다소 뻔하지만, 용기를 주는 이야기를 읽으며 상황을 긍정적으로 생각하려 노력했다. 게시판을 쭉 훑다 보니 '100일 33권 독서' 프로젝트가 눈에 띄었다. 책보다는 TV와 가까운 학창 시절을 보내고 20대 중반 이후 뒤늦게 독서의 맛을 알게 되어 책 읽기를 시작했지만, 목표를 세워 읽을 정도의 열정은 없었다. 며칠을 고민했다.

/ 완벽하진 않지만 괜찮은 엄마가 되고 싶어 /

'100일 33권 독서? 그럼 3일에 1권을 읽는다고? 읽는다고 뭐가 달라질까? 의미가 있을까? 책은 어떻게 구하지? 어떤 책을 읽지? 내가 할 수 있을까?'

첫아이가 8개월 무렵에 시작했다. 도서정가제 시행 전이라 읽고 싶은 책을 주문하기도 했고 친정 갔다가 동생이 사둔 책을 가져다 읽기도 여러 권, 남편이 읽으려 사두고 책꽂이에 꽂아둔 책을 한 권, 한 권 읽기 시작했다. 3일에 1권꼴로 다음 읽을 책 준비해야 했으므로 책을 고르는 데 최소한의 시간을 들이고 읽는 데 집중했다. 장르 구분 없이 닥치는 대로 읽었다. 아이를 재울 때면 들쳐업거나 아기 띠에 매고 입으로 자장가를 부르며 눈으로 책을 봤다. 아이가 밤에 자다 깬 날이면 아이를 등에 업고 세탁실 불을 켜고 빛이 새어 나오도록 문을 살짝 열어 책을 보며 아이를 재웠다. 책을 읽는 시간만은 걱정과 고민을 잊을 수 있었다. 경험해보지 못한 세계에 대해 알 수 있어 신기했고, 내 경험과 지식이 유한하다는 점을 깨닫게 되어 더욱 겸손해질 수 있었다.

빚, 버거운 육아, 친구 문제 등 내가 당장 손쓸 수 없는 요소에 둘러싸인 상황에서 내 의지로 무언가를 성취했다는 점이 스스로에게 큰 용기를 주었던 것 같다. 무기력증에 빠진 사람이 신경정신과를 찾으면 신발장 정리부터 해보라는 처방을 내린다고

/ 가장 중요한 건 '엄마의 마음'이다 /

한다. 내 의지로 바꿀 수 없는 것 말고, 손쓰고 힘들이면 바꿀 수 있는 무언가부터 해보라는 것이다. 본격적인 책 읽기 이후에는 꽉 막혀 해결이 어려운 당시 상황을 '어쩌면 잘 해결될 수도 있겠다'라는 긍정적인 관점으로 아주 가끔 바라볼 수 있게 되었다.

도전 결과는 목표에서 6권 모자란 100일간 27권에 그쳤지만, 현실도피를 위해 읽은 책을 통해 책을 읽는 동안은 걱정과 고민으로부터 조금이나마 자유로워질 수 있었다. 또 하나의 큰 성과는 두꺼운 책에 대한 막연한 두려움이 사라졌다는 것이다. 여러 권 있는 장편소설은 물론 400페이지 이상의 책은 읽기도 전에 두려워 아예 읽을 생각을 하지 못했는데 100일 33권 도전 후 두꺼운 책이 만만하게 느껴졌다. 벽돌 책을 읽는 멋있는 엄마의 등짝을 아이에게 보여줄 수 있게 되었다. 이광수의 『흙』은 서른까지 접한 책 중 가장 두꺼운 책이었는데, 흥미진진한 중반부에 도달하기까지 강한 인내심이 필요했다. 700쪽 남짓한 근현대소설을 읽은 후의 뿌듯함은 읽기 전 예상한 것보다 훨씬 깊었다. 『사피엔스』, 『총 균 쇠』가 꽂혀있는 책꽂이는 바라만 봐도 흐뭇하다.

우울하고 지칠 때는 물론 화장실, 친정, 시댁, 딸과 커피숍 데이트 등에 나는 늘 책을 챙긴다. 못 읽더라도 무조건 가지고 나간다. 혹시 지금 우울하다면 마음 가는 책, 읽고 싶은 책, 누가 언

| 내가 100일간 읽었던 책의 목록 |

순번	도서명	순번	도서명
1	삼성가 여자들	15	엄마학교
2	서른에 멈추는 여자, 서른부터 성장하는 여자	16	소박한 기적
3	가장 낮은 데서 피는 꽃	17	드림 온
4	나는 희망의 증거가 되고 싶다	18	행복
5	핑크 리더십	19	선물
6	지랄발랄 하은맘의 불량육아	20	돈 걱정 없는 노후 30년 2
7	마더쇼크	21	비즈니스 교양
8	밤마다 꿀잠 자는 아기	22	사람을 얻는 기술
9	에너지 버스	23	연탄길 2
10	스물일곱 이건희처럼	24	친정엄마와 2박3일
11	일곱 개의 별을 요리하다	25	10년 통장
12	누가 내 치즈를 옮겼을까?	26	새벽, 내 인생의 가장 소중한 시간
13	네가 어떤 삶을 살든 나는 너를 응원할 것이다	27	선택
14	독서 천재가 된 홍대리		

제 사둔 지 모르게 책꽂이에 꽂혀 있는 책, 그냥 아무 책이나 빌려도 괜찮고 사도 좋으니 읽어보길 바란다. 처음 책을 읽기 시작했을 때, 내가 읽는 책을 누가 보고 쉬운 책이라고 여길까 봐 지

/ 가장 중요한 건 '엄마의 마음'이다 /

하철에서 선뜻 책을 펴지 못하기도 했다. '아직도 저런 자기계발서를 읽는 사람이 있다니…'라고 할까 봐. 그런데 모두 스마트폰 보느라 나에게 전혀 관심이 없다. 언제 어디서든 당당히 책을 펴 들고 읽자.

엄마는
가정의 뿌리다

주어진 여건을 그러려니 받아들이기 전에는 툭하면 주말에 몸져누웠다. 허리가 아플 때까지 잠을 잤고, 밥도 먹지 않았다. 금요일 밤에 잠들어 토요일 오후 4~5시가 되면 배가 고파 잠깐 일어나 요기를 하고 다시 잠들어서 일요일 오후에 일어났다. 어쩌다 토요일 밤중에 잠이 깨는 날이면 밤새 TV를 보았고, 일요일 새벽 동이 트면 잠자리에 들어 오후까지 잠을 잤다. 출근해야 했기에 평일은 어떻게든 버텼지만, 한 달에 두어 번씩 주말마다 무너졌다. 처음엔 단순히 부족한 체력 때문이라고 생각했는데 지나고 보니 우울감의 증상이었다. 산후 체력저하인가 싶어 보약도 몇 번 지어 먹었지만, 큰 효과가 없었다. 몸이 아니라 마음의 병이었으니 당연했다. 내가 누워있는 주말이

/ 가장 중요한 건 '엄마의 마음'이다 /

면 남편이 아이를 데리고 동물원, 키즈카페를 다녔다. 주말 아침마다 엄마와 같이 나가고 싶다는 아이에게 남편은 말했다.

"엄마 오늘 아파. 아빠랑 가자. 아이스크림 사줄게."

어느 주말 아침, 누워있는 내게 아이가 묻는다.

"엄마, 오늘도 아파?"

뭔가 잘못 돌아가는 느낌이었다. 정신 차려 일상을 유지하는 평일에도 작은 우울감이 생기는 날엔 퇴근 후 아이를 하원시켜 집에 도착하면 바로 녹다운되었다. 컨디션이 좋은 날이면 의욕이 과도해져 저녁 반찬을 너덧 개씩 하고, 아이에게 읽어줄 책도 한아름 골라 세상 다정히 읽어주지만, 그렇지 않은 날엔 책이고 뭐고 다 때려치우고 싶었다. 만사가 귀찮고 짜증 났다.

나는 주로 '돈' 때문에 우울하고 힘들었다. 부부가 함께 버는데도 늘 쪼들리고 같은 월급 받는데 소비격차가 큰 동료들을 보고 있자면, 아무리 아껴 써도 나아질 기미가 보이지 않는 현실이 무거웠다. 어릴 적부터 몸에 밴 근검절약으로 모아둔 돈이 남편의 빚을 만나 한순간 날아갔다는 생각에 매일 억울했다. '펑펑 써볼걸, 왜 그렇게 아꼈을까? 커피, 와인, 악기 등 배우고 싶은 것들 돈 생각하지 말고 다 배울 걸, 입고 싶은 옷 마음껏 사 입을 걸, 맨날 싼 것만 그렇게 찾아다니지 말 걸…' 머릿속에 늘 말풍선이 가득했다.

/ 완벽하진 않지만 괜찮은 엄마가 되고 싶어 /

그러다 결혼 6년 차에 시댁 용돈 문제로 남편과 크게 다퉜다. 그동안 네 형제가 동일한 금액으로 시댁 용돈을 드리는 줄 알았는데 덜 드리는 형제가 있다는 걸 알게 되었다. 그것도 무려 5년 간이나. 시댁에 처음 인사 간 날, 남편이 내 이름과 직업 등 신상을 소개하자, 시아버님은 대뜸 "여자는 집에서 살림해야 한다"고 말씀하셨다. 더군다나 빚만 있는 아들이랑 결혼한다는 예비 며느리에게 말이다. 그때의 충격이란 이루 말할 수가 없었다. 그런 말도 안 되는 홀대를 받고 맞벌이라는 이유로 그동안 내가 용돈을 더 드리고 있었다니…. 스트레스가 최고조에 달했다.

　서운했지만 애써 가라앉혔던 기억이 줄줄이 소시지처럼 떠올랐다. 그날, 퇴근길 남편에게 얼마나 늦을지 모르니 애들 챙기라는 문자를 남기고 휴대폰 전원을 껐다. 퇴근하다 집에 가는 길목에 있는 도서관에 들렀다. 한적한 도서관 주차장에 차를 주차하고 꺽꺽 울었다. 울다가 혹시 누가 지나갈까 밖을 한번 살피고, 또 울다 창밖에 누가 서 있지 않나 살피며 두어 시간 진을 빼며 울었나 보다. 울다 울다 눈물이 더 나오지 않았고 배가 고팠다. 아마 9시쯤 됐을까. 해장국집에 가서 선지해장국 한 그릇으로 늦은 저녁을 해결하고 아이들이 잠들기를 기다렸다가 집으로 갔다. 분위기가 심상치 않음을 느꼈는지 남편이 방문을 빼꼼히 열고 나와 무릎을 꿇었다.

"미안해. 정말 미안해."

"내가 죽지는 않을 거야. 오빠 때문도 아니고, 애들 때문도 아니야. 우리 엄마, 아빠 때문에 죽진 않을 거야."

남편에게 처절히 절규했다. 사라져버리고 싶다는 생각뿐이었다. 죽음에 대한 구체적인 생각이라기보다는 그저 사라지고 싶다는 생각이 들었다. '하루하루 열심히 산다고 뭐가 달라질까'라는 절망의 늪에 빠져 며칠씩 헤맸다. 우울의 동굴에 들어가 때때로 며칠씩 앓고 난 후 든 생각은 '엄마가 온전해야 애들이 잘 크겠구나, 엄마가 제정신이어야, 우울하지 않아야 애들 똑바로 키울 수 있구나'였다. 아이를 제대로 키우기 위해서는 물론, 정상적인 일상을 살기 위해서 치유가 필요했다. 시간이 지나면 잊혀지려니 하며 받아들이고 인정하고 괜찮은 줄 알았던 지난 일들이 하나도 괜찮지 않다는 걸 알았다. 당시 내 마음은 '마음의 감기' 정도가 아니란 걸 인지하고 생각뿐이었던 상담 치료를 신청했다. 심리상담을 받으러 가기까지 상당한 용기가 필요했다. '심리상담을 받아야겠다'는 결심이 섰는데, 인터넷 검색창에 '심리상담'을 입력하니 무수한 정보가 쏟아져나왔다. 하루는 사무실에서 문서를 접수하다가 '직원 심리 무료 상담'이라는 문구에 번뜩 눈이 커졌다. 바로 전화를 걸어 일정을 잡았다.

"오시기 힘드셨죠? 어떤 게 가장 힘드셨어요?"

/ 완벽하진 않지만 괜찮은 엄마가 되고 싶어 /

처음 보는 상담 선생님께 1시간 남짓 내 이야기를 풀어놓았다. 상담 선생님은 이야기하다 꺽꺽대며 우는 나에게 울고 싶을 때까지 울라며 간간이 휴지를 건네주었다. 이야기를 끊지 않고 들어주는 사람, 자기 생각을 강요하지 않는 사람은 처음이다. 제3자의 객관적인 관점에서 내 상황을 바라보니 보이지 않던 해결책이 보였다. 딱 3번의 상담이었지만 누구도 제시하지 않았던 답을 제시했다.

"지금 남편의 역할이 가장 중요해요. 시부모님은 전후 상황을 모르시는데 어떻게 마음을 알아주길 바라시나요. 직접 말하세요."

사실 많은 가정의 고부갈등 원인은 대부분 남편이다. 남편이 중간 역할을 제대로 하지 못하기 때문에 빚어지는 곤란한 상황들이 많다. 우리 집 또한 그랬다. 지금 생각하면 답이 뻔한데, 해결 방법은 간단한데, 그 상황 속에 놓인 당시엔 뻔한 해답이 보이지 않았다. 직접 말하면 되는 건데, 왜 그 생각을 못 하고 벙어리 냉가슴 앓듯 끙끙 앓았을까 싶었다. 시댁은 워낙 소통 없는 집안 분위기이지만, 우리 상황을 어느 정도 알고 계시려니 막연히 생각했다. 차근차근 설명해야 풀릴 문제였다는 걸 생판 처음 보는 상담 선생님이 말해주기 전까지 몰랐다. 상담을 마친 그날 저녁 남편과 이야기 나누고, 바로 그 주말 시댁에 가서 결혼 전

/ 가장 중요한 건 '엄마의 마음'이다 /

사정을 말씀드렸다. 모든 이야기를 풀어내지 못했지만 남편의 빚 이야기, 지금 살고 있는 아파트 등 굵직한 줄거리에 대해 말씀드렸다.

"네가 고생 많았다."

딱 그 말 한마디에 경직된 마음이 아주 조금 풀어졌다. 아주 조금이지만, 숨이 턱까지 찼을 때는 아주 짧고 얕은 숨이라도 그 역할이 크다. 시댁에 빚 얘기를 털어놓기 전, 빙빙 언저리만 돌았던 남편과의 대화는 이랬다. 언젠가 평일 저녁 고깃집에서 저녁을 먹다가 시댁 이야기가 나왔다. "나는 그냥 애쓴다는 그 말 한마디가 듣고 싶은 거야"라고 말하는 내게 남편은 단호히 말했다.

"그럼 더 잘 해."

정말이지 어이가 없었다.

'빚 있는 아들을 만났고 집도 내가 마련했는데 왜 고맙다는 말씀 한마디가 없지? 없는 집 와서 고생한다는 그 말 한마디면 되는데.'

소주를 내리 3~4잔 들이켜고, 먼저 일어나 나와버렸다. 식당은 당시 살던 집에서 도보 10분 이내 거리여서 혼자 빠른 걸음으로 집에 갔다. 당시 두 살이던 첫째가 잘 따라오는지 내심 궁금했지만, 화가 날 대로 난 나는 앞만 보고 무심히 걸었다. 아파

/ 완벽하진 않지만 괜찮은 엄마가 되고 싶어 /

트 단지 입구를 앞에 두고 잠시 망설였지만, 집에 들어갈 수 없는 마음이었다. 곧바로 직진하여 천변 다리를 건넜다. 한참 뒤에 아파트 입구에 달한 남편과 아이가 엄마를 몇 번이고 불렀지만, 뒤도 한번 돌아보지 않았다. 다리 위를 건너며 참았던 눈물이 터졌다. 차가 쌩쌩 달리는 10차선 다리이고, 오가는 사람이 없기에 마음껏 울었다. 다리를 건너 한 중학교 운동장에 도착했다. 등나무 그늘막에 앉아 또 한참을 울었다. 휴대폰 전원은 진작에 꺼놓았다. 가끔 지나는 사람이 힐긋힐긋 쳐다본다. 차가 지날 때는 꺽꺽 소리 내 울고 지나는 차가 없고 사람이 지나가는 것 같으면 소리를 낮춰 흐느꼈다. 울다 울다 지치고 눈물이 닳아져 나오지 않을 즈음, 다시 10차선 다리를 건너 집으로 향했다. 밤 11시쯤 됐을까 터덜터덜 걸어 아파트 단지 입구에 닿았다. 첫째를 등에 업은 남편이 큰 길가에 나와 있었다.

"엄마다. 혜원아, 엄마 왔다."

남편과의 대화로는 시댁과 관련된 상황과 갈등을 완전히 극복할 수 없었다. 그렇게 시댁, 돈에 대해 스트레스를 받던 와중에 이런 생각이 들기도 했다.

'아이도 건강하고, 아껴 쓰고 착실히 모으면 괜찮아질 텐데 내가 유난 떠는 게 아닐까?'

'이런 상황에 내가 힘든 게 맞나?'

/ 가장 중요한 건 '엄마의 마음'이다 /

'더 힘든 상황인 사람도 잘 살아나가는데 나는 왜 이렇게 나약할까?'

정말이지 숱하게 했던 고민이다. 얼마 전『죽고 싶지만 떡볶이는 먹고 싶어』를 읽다가 무릎을 탁 쳤다. 책을 쓴 백세희 작가도 같은 고민을 했단다. 고민하는 백세희 작가에게 상담 선생님이 "힘들 땐 무조건 내가 제일 힘든 거예요. 그건 이기적인 게 아니에요"라고 말해주었다고 한다. 그저 참고, 시간이 지난 후, 나이가 들면 자연스레 괜찮아질 줄 알았지만, 치유가 필요한 시점에는 반드시 치유를 해야 한다. 참고 삼키며 시간을 보내다 가슴에 울화가 쌓여 큰 병이 되지 않도록 말이다. 엄마의 마음이 안녕해야 집안에 평화가 온다. 아무리 좋은 교구와 책, 시스템이 있어도 엄마가 온전치 않으면 아이를 온전히 키울 수 없다. 만약 마음이 힘들어 치유가 필요한 엄마가 있다면 가정 심폐소생의 한 방안으로 심리상담을 적극적으로 검토하기를 진심으로 바란다.

소속된 회사와 연계된 심리상담센터 또는 여성가족부, 지방자치단체와 연계된 건강가정지원센터의 문을 두드려 보시라. 무료 상담기관의 도움을 받았지만, 상담사와의 교감이 부족하다고 느낀다면 그때 사설 상담기관을 알아봐도 늦지 않다. 사설 상담기관의 상담비용은 상담사의 경력에 따라 다르지만, 대략 8~10만 원가량이며, 상담의 한 주기는 10회로 잡는데, 약 100만 원 정도 금액이 든다고 한다. 결코 적은 금액이 아니지만, 엄마가 살아야 가정이 산다.

엄마는 가정의 뿌리다.

/ 가장 중요한 건 '엄마의 마음'이다 /

인정욕구를 버리자
비로소 보이는 것들

"오빠, 기술사 공부 안 해볼래?"

결혼하자마자 남편에게 제안했다. 남편의 전공은 토목인데, 이공계 전공자에게 '기술사'란 자격증은 최고의 명예이자 자부심이다. 처음엔 귓등으로 듣더니 그럴싸했는지 동의한다. 없는 살림에도 불구하고 자기계발만이 살길이라는 생각이 들어 결혼 축의금으로 학원에 등록했다. 수중에 돈이라곤 결혼축의금뿐이었다. 남편은 직장 동료들에게 무슨 말을 어떻게 했는지 입사 동기 3명이 나란히 학원 수업을 듣기 시작했다. 합격할 때까지 보장해준다는 명목으로 200만 원 남짓 수강료를 냈고 시간이 지나면 당연히 합격할 줄 알았다. 비가 억수같이 쏟아지던 여름날, 남편은 생애 첫 기술사 시험을 치렀다. 기술사 시험은 아침 9시

/ 완벽하진 않지만 괜찮은 엄마가 되고 싶어 /

경 시작해 오후 3~4시쯤 끝나기에 점심 도시락이 필수인데, 시험장 주변에 간이 포장마차가 차려지기도 하지만 의욕 가득한 새댁은 손수 도시락을 챙겼다. 남편 도시락은 물론 함께 시험 보는 동료들의 도시락까지 말이다. 따뜻한 밥을 먹이겠다는 생각에 퀵서비스로 도시락을 시간에 맞춰 보낼 야무진 계획이었다.

100일 된 첫째를 포대기에 들쳐업고 전날 밤 양념에 재워둔 소불고기를 볶고 상추와 깻잎을 씻고 밥은 3개 밀폐용기에 담아 정성껏 도시락을 쌌다. 혹여나 반찬이 흐트러질까 봐 보자기로 꽁꽁 여미었다. 그날따라 비는 왜 그리 많이 오는지 퀵서비스 아저씨는 약속한 시각이 되어도 오지 않았다. 점심시간에 못 맞출까 봐 애가 닳았다. 혹여나 빠진 게 없는지 꽁꽁 싸맨 도시락을 들춰보기를 몇 번, 아이를 등에 업고 부엌과 현관 앞을 오가며 안절부절못하는 나는 서른 살 애기엄마였다. 어찌어찌 점심시간에 맞추어 무사히 시험장에 도시락이 도착했다. 그날 남편이 말했다.

"민망해서 죽을 뻔했어."

카레나 짜장 같은 간단한 일품음식이 어울리는 시험장에 소불고기와 쌈을 바리바리 싸 보냈으니 남편의 반응이 당연하다. 미혼 시절, 나도 기술사에 대한 로망이 있어 학원 등록을 하고 시험장에도 한 번 갔었다. 시험장의 점심은 포장마차에서 국수를 먹거나 간단한 도시락을 먹으며 해결하는 분위기였다. 시험장 분위기를 누구보다 잘 알면서 나는 남편의 소불고기 도시락 요청을 왜 거절하지 않았을까? 그 이후로 간단한 도시락을 대여섯 번 더 썼다. 1년에 시험이 2번 있으니 3년가량 썼다. 남편은 평일 저녁에도 시험공부를 위해 저녁만 얼른 먹고 도서관에 갔고, 토요일은 학원, 일요일은 도서관에 갔다. 평일은 평일이라, 주말은 주말이라 우리 모녀는 단둘이 보내는 시간이 많았다. 금방 붙을 줄 알았던 시험은 쉬이 손에 잡히지 않았고, 다음 회차 한 번 더, 반년 더, 1년 더 하다 보니 배 속에 있던 아이는 네 살이 되었다.

  60점만 넘으면 합격인데 59점으로 아쉬운 고배를 마시기도 하고 터무니없이 낮은 점수가 나오기도 했다. 공부를 시작한 지 1년 남짓 지났을까, 지방학원은 한계가 있다며 서울 학원에 등록했다. 여전히 없는 살림에 몇백만 원의 학원비, 매 주말 KTX 왕복 비용이 가볍지 않았지만, 넘어야 할 산이라고 생각했다. 이유식에 넣을 당근 하나 살 때도 100g당 가격을 따졌지만, 남편 공부에 들이는 돈은 아끼지 않았다. 기술사 자격증을 딴다고 당장 상황이 호전되는 것도 아닌데, 마치 돌파구처럼 여겼던 것 같다. 일종의 희망 신호탄이랄까? 또 그렇게 열심히 보필하면 시댁에서 알아줄 줄 알았다. 아들 뒷바라지하는 기특한 며느리라

/ 완벽하진 않지만 괜찮은 엄마가 되고 싶어 /

며 칭찬하실 줄 알았다. 연이은 불합격 소식에 점점 진이 빠지던 어느 날 돌아보니 진짜 내 속마음은 남편 공부시키는 현명한 부인이라는 칭찬, 며느리 잘 들였다는 시부모님의 칭찬, 그 칭찬이 듣고 싶었던 거였다. 남편 친구들 점심 도시락까지 싸서 보내는 새댁의 마음속에는 와이프 잘 만났다는 칭찬, 거기다 음식 솜씨까지 좋다는 칭찬, 그 한마디가 듣고 싶었던 것이다. 보란 듯이 합격시켜 여기저기 자랑하고 나 또한 인정받고 싶은 마음이 숨어 있던 것이었다. 남편의 합격을 바랐지만 속을 자세히 들여다보면 내 욕구를 채우기 위한 일이었다. 아무도 눈치채지 못하게 평강공주로 빙의해 인정욕구를 채우고자 했다.

공부한 지 만 3년이 지나도 합격 소식은 들리지 않았다. 남편에게 이제 그만 내려놓자고 했다. 더 이상 혼자 아이 데리고 주말 보내기 싫고, 커가는 아이 혼자 지켜보자니 속상하고 안쓰러웠다. 처음엔 희망 고문이라도 있었는데 이젠 임계점이 왔다는 생각이 들었다. 남편에게 학원비가 아까워 그만하라고 못 했는데 이건 아닌 것 같다고 했다. 대화를 나눈 후 3년간의 공부를 정리하기로 했다. 남편이 내려놓을 준비가 안 된 게 아니었다. 내가 내려놓지 못한 것이었다. 가뜩이나 남들과 다른 시작으로 마음고생 중, 엎친 데 덮친 평강공주 콤플렉스, 인정욕구 많은 나의 내면아이는 칭찬과 인정을 갈구했다. 남다른 시작으로 힘든

/ 가장 중요한 건 '엄마의 마음'이다 /

마음을 '남편 기술사 합격시키기'라는 대안으로 보상받으려 했나 보다. 내가 인정욕구가 많은 사람이라는 사실을 서른넷에 비로소 알게 되었다. 인정욕구가 많다는 것을 인지하는 자체가 나에게 큰 변화였다. 내 마음에 귀 기울여 '지금 인정욕구가 또 발동하는구나' 하고 알아차릴 수 있게 되었다. 누가 인정하지 않아도, 알아주지 않아도 나는 나 자체로 소중한데 나는 왜 그렇게 남의 인정을 바랐던 것일까. 수시로 틈을 비집고 나오는 인정욕구를 인지할 때, 괜히 마음이 불안할 때면 양팔로 어깨를 감싸고 나를 안아준다.

'나는 나로서 소중해.'

/ 가장 중요한 건 '엄마의 마음'이다 /

사람은 모두
다름을 인정하기

"선희야, 너는 그 친구보다 부족한 게 뭐야? 방이 없어, 학원을 안 다녀? 그 친구는 어떻게 그렇게 공부를 잘한대?"

고등학교 1학년 때 아빠가 물어보셨다. 비교라기보다 진짜 궁금하셨나 보다. 단짝 친구는 어릴 적부터 남달랐다. 한번 들은 곡은 피아노 연주를 하고, 고등학교 때에도 늘 1, 2등, 고3 여름에는 에어컨이 나오는 우등생 반에 들어가 야간자습을 했다. 지금은 대부분의 학교에 시스템 냉난방기가 설치되어 학생 모두가 덜 덥고, 덜 추운 교실에서 생활하지만, 2000년대 초반만 해도 교실에 에어컨이 없었다. 이를 안타깝게 여긴 우등생 학부모님이 에어컨을 기증했고, 기증받은 에어컨은 10개 반 중 2개의

/ 완벽하진 않지만 괜찮은 엄마가 되고 싶어 /

우등생 반에만 설치되었다. 나머지 8개 반에 속한 학생들은 공부 못하면 더워도 되는 거냐며, 우리는 사람도 아니냐며 애먼 선생님에게 얼마나 항의를 했던지…. 아빠는 궁금해서 물어보셨지만 그 말씀은 내 마음속에 무의식적으로 남았다.

'나는 왜 공부를 못할까?'

친구만큼 공부를 못하는 게 죄스러웠고 부모님께는 죄송했다. 아들만 있는 이모부가 나 같은 딸이 있으면 회사에 매일 데리고 출근하겠다며 건네는 말씀에도 아빠는 그저 웃으셨다.

"얼굴이 보름달처럼 훤해. 우리 선희는."

예쁘다는 말이 듣고 싶은데, 보름달처럼 훤하다고만 하시니 난 내가 못생긴 줄 알았다. 그래서 예쁜 아이를 동경했다. '예뻐서 좋겠다, 나도 저렇게 예쁘면 얼마나 좋을까' 생각했다. 그때 내게 '사람은 제각각 모두 예뻐. 자세히 보면 모두 예뻐'라고 누군가 이렇게 얘기해줬다면, 책에서 읽었다면 좋았을 텐데 말이다. 예쁘다는 말이 듣고 싶어서 밥도 예쁘게 먹고, 걸음도 예쁘게 걷고, 말도 예쁘고 여성스럽게 하려고 노력했다. 중·고등학교 시절, 개그본능으로 주변 사람을 더러 웃겼고 내 얼굴만 봐도 웃음이 나온다는 친구들도 여럿 있었는데, 다른 지역 대학교에 가며 여성미로 꽁꽁 포장했다. 누군가를 웃게 한다는 건 참 좋은 재주인데, 예쁘다는 말이 듣고 싶어서 그 재주를 숨겼다. 웃긴

여자 말고, 예쁜 여자가 되고 싶었다. 그냥 나대로 즐겁게 지내면 될 텐데, 왜 그랬을까 싶다.

　내 내면의 소리 말고 남의 시선에 신경을 썼고, 남들이 어떻게 바라볼지에 전전긍긍했다. 결혼하며 남들과 다른 시작을 받아들이기 더욱 힘들었던 것도 남의 시선으로부터 자유롭지 않았던 탓이 컸다. 남들보다 우수해야 한다는 강박, 늘 열심히 앞으로 나아가야 한다는 생각, 모범이 되어야 한다는 생각이 머릿속을 지배했다.

　'난 왜 저 친구처럼 잘하지 못할까? SNS 활동이 엄청 활발하네, 친구도 많다, 난 없는데. 행복해 보인다. 좋겠다. 난 지금 뭐 하고 있지? 어쩜 이렇게 사진도 잘 찍니. 난 못 찍는데.'

　끊임없이 나와 그 누군가를 비교한다. 친구만큼 잘살고 있지 않은 것 같아 조바심 나고 기분이 나쁘다. 카카오톡 프로필 사진 보는 것만으로 스트레스 지수가 높아졌다. 사사건건 모두와 나를 비교했다. 뭐든 잘하는 동료 직원(B 선생)이 부러웠다. 경제적 어려움 없이 꾸리는 가정 살림, 특유의 부지런함으로 똑소리 나게 해내는 엄마 역할, 3,000cc 좋은 차, 넓은 집, 급한 일 있을 때면 도와주는 시댁 어른, 대출이 뭔지 모르는 천진함, 때에 맞춘 예방접종, 영유아 검진, 아이들 밥도 정말 잘 해 먹이는 직장 동료는 배울 점 많은 좋은 분이라 가깝게 잘 지내고 있지만 한동안은 힘들었다. 언제부턴가 매 순간 스스로를 동료와 비교했다.

'아, 난 왜 이걸 놓쳤을까? B 선생님은 잘하는데, 난 왜 안 될까?'

그 집은 주말 아침 일찍 온 식구가 채비하여 집을 나선다고 하는데, 우리 집은 주말 아침마다 내가 못 일어난다.

"엄마, 일어나~ 엄마!"

"엄마, 배고파."

"엄마, 동물원 가자."

아무리 서둘러도 머리 감고 옷 입고 나가려면 점심때다. 만성 위염으로 늘 속이 쓰린 남편은 배가 고파 얼굴이 죽상이고 기다리다 지친 애들은 싸우고 앉아있다. 또다시 스스로 자책한다.

'난 뭐 하는 사람이지? B 선생님은 벌써 채비하고 나갈 시간이네. 난 왜 이렇지?'

아무도 뭐라고 하지 않는데 틈만 나면 스스로를 채찍질했다. 늘 누군가 이겨야 하는 경쟁 속에 살아와서 그런지 어떤 이의 장점을 배우려는 태도에 앞서 열등감에 시달렸다. 우린 서로 다른 사람이고 다를 수밖에 없는데, 잘하는 게 다른 건데, 내가 잘 못하는 것을 누군가 잘하면 시샘하고 열등감에 빠졌다. 누굴 이길 필요 없고 열등감 또한 느낄 필요가 없는데 매일매일 어리석은 일을 반복했다. 'B 선생은 슈퍼우먼이야'라고들 주변에서 말하면 또다시 시샘과 열등감이 폭발했다.

어느 날 알아차렸다. 강한 줄 알았던 나의 자존감은 매우 연약하다는 것을…. 자존감이라고 여겼던 실체는 자만감과 열등감이 복잡하게 얽혀 있었고, 스스로 해냈으므로 나를 칭찬하는 순수한 감정(자존감)이 아니라 남들은 못 했는데 나는 해냈다는 남과 나를 비교함으로써 느끼는 우월감이자 자만감이었다. 나는 나인데, 그저 나일 뿐인데, 그냥 나로서 인정해주면 안 될까? 누구보다 잘해야 하고 무슨 일이든 친구를 이겨야 할까? 어제의 나보다 오늘의 내가 나아지고 있다면 그게 바로 바른 방향일 텐데 말이다.

'사람은 모두 다르다. 잘하는 게 다르다.'

'좋은 점은 배우는 거지, 샘 부리는 게 아니다.'

아무리 마인드 컨트롤을 해도 수시로 흔들린다.

얼마 전, 딸이 피아노 대회에서 준대상을 받았다. 대회가 끝나고 아이가 내게 물었다.

"엄마, 다음번 대회에 나가는 친구가 대상을 받으면(나보다 좋은 상 받으면) 어떡하지?"

난 순간 얼음이 됐다. 아이에게 해줄 말을 급히 찾았다.

"친구가 대상 받으면 축하해줘야지. 친구랑 겨루는 거 아니고, 너는 너대로 어제보다 나아지면 되는 거야."

11살 딸아이가 이 말을 이해할지는 모르겠다.

"경쟁상대는 옆에 있는 친구가 아니야. 어제의 너보다 성장하면 돼. 그리고 성장을 하든 안 하든 너는 엄마, 아빠의 소중한 딸이야. 그건 변함없어."

아이에게	나에게
있는 그대로 아이 바라보기 있는 그대로 인정해주기 뭘 잘해서 아니라 그냥 아이 자체를 사랑하기 아이의 존재 자체를 인정하고 사랑하기	남의 시선 말고 나에게 집중하기 옆집 엄마 말 듣지 않기 어제보다 오늘 성장하기

/ 가장 중요한 건 '엄마의 마음'이다 /

지금 내가
할 수 있는 것에
집중하기

　　신혼여행에서 돌아오니 아버지가 축의금 정산 내역을 건네셨다. 직장이 있음에 감사한 일을 손에 꼽는다면, 축의금 정산서를 받은 날이 첫 번째일 것이다. 생각보다 많은 분이 결혼을 축하해주셨다. 당시만 해도 경사 후에는 떡을 거하게 돌리곤 했다. 밀차에 내 어깨높이만큼 쌓인 떡을 싣고 각 부서를 돌며 감사 인사를 전했다. 축의금 대신 5권의 요리책을 선물해주신 분이 계셨다. 봉투보다는 도움이 될 것 같다며 건네받은 요리책이었다. 첫째 출산 후 조리원, 친정 조리를 마치고 돌아온 집에서 극도의 우울감에 빠졌을 때, 헤어 나오기 힘든 우울감에서 나를 구해준 일등 공신이 '책'이라면, 두 번째는 '요리'다. 길고 긴 우울의 터널을 다녀올 때면 고민했다.

'그래서, 지금 내가 할 수 있는 건 뭐지?'

지푸라기라도 잡는 심정으로 책을 읽고, 음식을 만들었다. 결혼하고 얼마 안 되었을 때, 생전 처음 감자볶음을 했던 날 남편은 뭔가 걸작이 나올 줄 알았다고 한다. 기대하고 앉은 저녁상의 메인요리가 감자볶음이라니 김이 샜던 모양이다. 감자를 기름에 볶다가 어느 정도 볶아지면 물을 부어 뜸들이듯 익히라기에, 한껏 가열된 프라이팬에 물을 부었더니 소리가 엄청났다. 중국집 주방에서나 날 법한 소리가 났던 것이다.

어느덧 선물 받은 5권의 요리책에는 김칫국물이 튀고, 양념이 묻고, 쫙 펼치면 B3 크기 정도의 전체 목차는 닳고 찢어져 너덜너덜해졌다. 휴직 기간 동안 평일 오후 4시경이면 남편과 연락해 저녁 메뉴를 정하고 아이를 업고 열심히 음식을 만들었다. 식재료가 넉넉하지 않은 가난한 냉장고이지만 새댁의 열정이 더해져 그럴싸한 요리가 뚝딱뚝딱 만들어졌다. 마침 '냉장고 파먹기'라는 단어가 등장한 때여서 냉장고에 남은 식재료를 요리책 목차에서 찾고, 포털사이트를 검색하며 한 끼 한 끼 정성을 들였다. 대형마트 배달서비스가 시작되는 무렵이라 이벤트 세일을 종종 했고, 흰다리새우 세일이면 큰마음 먹고 주문해 '깐' 자 들어가는 요리를 했다. 깐풍새우, 깐쇼새우, 깐풍기, 탕수육 등으로 퇴근하는 남편을 놀라게 하는 게 유일한 낙이었다. 바삭함을 위

/ 가장 중요한 건 '엄마의 마음'이다 /

해 두 번씩 튀겨내고 레시피를 엄수해 소스를 만들어 맛깔나게 얹어냈다. 지금 생각해도 놀랍다. 요리하는 동안은 다른 생각할 새 없이 요리에만 집중할 수 있었기에 그렇게나 매달렸던 것 같다. 요리는 대부분 아이를 포대기에 업은 채로 했다. 아이를 업고 새우껍질을 까고 2번씩 튀겨내다니, 생각만 해도 무릎이 시큰거린다.

아이가 이유식을 먹기 시작하며, 이유식에도 정성을 쏟았다. 사실, 시판 이유식이 비싸서 사 먹이지 못하는 형편이 한몫했다. 일주일 치 이유식을 만들어 냉동실에 얼렸다가 하나씩 꺼내주면 잘 먹는다는데, 우리 아이는 기막히게 알아차리고 냉동실에 얼렸던 이유식은 먹지 않았다. 할 수 없이 하루가 멀다 하고 새로운 이유식을 만들었다. 피 없는 만두처럼 손이 꽤 많이 가는 메뉴는 유독 잘 먹었다. 육아는 장비빨이라고 좋은 야채 다지기는 손쉽게 야채가 다져진다던데, 이유식 마스터기라는 것도 있다는데, 변변치 않은 이유식 도구인 도마와 칼, 작은 스텐 냄비 하나를 바라보다 간혹 힘이 빠지기도 했지만, 아이가 잘 먹는 모습을 보면 기분이 금세 좋아졌다.

또 '내가 지금 할 수 있는 게 뭘까?' 생각하다가 TV를 없애기로 마음먹었다. 곧바로 없애지는 못했고, 되도록 보기 힘든 환경을 만들었다. 17평 아파트는 거실이 따로 없어 TV를 안방에 두었다. '가을동화'와 함께 학창시절을 보낸 나의 TV 사랑은 결혼 후에도 여전했다. 모유수유 할 때는 물론, 많은 시간 TV를 켜둔 채로 생활했다. 남편이 출근하면, 아침드라마 보며 모유수유를 했다. 비교적 이른 시간에 시작하는 K사 아침드라마가 끝나면, M사로 채널을 돌린다. M사 아침드라마는 약간 막장이다. M사 아침드라마가 끝나면 잇따라 S사 아침드라마가 시작된다. 아침 드라마의 정통에 가까운 S사 드라마가 아쉽게 끝난다.

'내일은 내연녀의 실체가 드러날까?'

아침드라마 순회를 끝내면 어느새 11시였다. 채널을 돌리다 보니 연예인 집을 소개하는 프로그램이 한창이다. 입을 반쯤 벌린 채 남의 집 구경에 여념이 없다. TV 속 집을 보다 현타가 온다. 17평 우리 집이 그날따라 더 좁고 초라하게 느껴져 채널을 돌렸다. 인기리에 종영된 드라마 재방이 한창이다. 연이어 2화를 보고 나니 점심시간이었다. 당시 나의 아침 일상은 이랬다. 앉아서 보지 않을 때도 ASMR처럼 TV를 늘 켜두었다. 그런데 TV로 반나절을 보내고 나면 어김없이 공허함이 몰려왔다. 분명 흥미진진하고 재미있게 봤는데 말이다.

첫째 아이가 2살 때 거실이 있는 집으로 이사 후, TV를 좀 덜 보겠다는 다짐으로 일부러 TV 연결 단자가 없는 방에 TV를 놓았다. TV를 한번 보려면, 철물점에서 특별 구매한 5m 길이의 연

결선을 거실에서 뒷베란다 쪽 작은방까지 끌어가야 했다. 거실에서 방으로 연결된 선에 2살 딸내미는 여러 차례 발이 걸려 넘어졌다. 그 무렵 사무실 업무가 바쁠 때나 어린이집 방학 기간 등 친정엄마가 우리 집에 오셔서 며칠간 도와주곤 하셨는데, 당시 상황을 지켜보던 친정엄마가 "차라리 거실에서 편하게 봐. 왜 애 자꾸 넘어지게 선을 연결하고 그래" 하셨다. 엄마는 얼마나 답답하고 딸이 이해가 안 되셨을까? TV를 보고 나면 선을 바로 정리하지도 않았다. 집 한가운데를 가로지른 연결선은 거의 맨날 그대로였다. 교육방송은 많이 봐도 괜찮다는 생각에 퇴근 후 돌아와 저녁 준비하는 동안 아이들에게 EBS를 틀어주었다. 6시 무렵 시작해 9시까지 보는 날이 허다했다. 어린이 대상 프로그램이 끝나면 고부간 갈등을 다루는 프로그램이 방영되는데 그걸 6살, 2살 두 아이가 넋을 빼고 바라보고 있었다. 이건 아니다 싶어서 드디어 TV를 없애기로 굳은 결심을 내렸다.

　방법을 고민하다가 데스크톱 컴퓨터를 구입한 후 TV를 모니터로 쓰기로 했다. 컴퓨터로 영어 영상, 영화만 보여줄 계획이었다. 이마트, 하이마트, 삼성전자, LG전자를 다 돌았지만, 매장에서 판매하는 데스크톱 컴퓨터는 의외로 몇 가지 없었다. 그중에 싸고 좋은 제품을 고르고 골랐지만, 늘 그렇듯 좋은 건 비싸다. 비교적 저렴한 60만 원짜리 데스크톱 컴퓨터를 구입해 TV를 모

/ 가장 중요한 건 '엄마의 마음'이다 /

니터 대신 연결하고, 영어 영상과 영화만 보여주기 시작했다.

몇 차례의 이사 후 정착한 지금의 집 거실에는 TV가 없다. 피아노와 TV를 작은 방에 함께 두었고, TV에는 여전히 데스크톱 컴퓨터가 연결되어 있다. 1만 5천 원가량의 케이블 방송 수신료는 경비실에 얘기해 내지 않고 있으며, TV가 있으면 무조건 내야 한다는 기본 수신료 2,500원만 내고 있다. 주말 아침 아이들이 EBS 만화 보고 싶다고 할 때만 TV 선을 연결해 보여주고, 여전히 영어 영상과 영화만 보여주고 있다. 아이들은 생각보다 빨리 적응했다. 이제 TV는 할아버지 댁이나 외갓집, 펜션에 갔을 때만 보는 줄 안다. 식당에 가거나 펜션에 놀러 가면 네 식구 모두 TV에서 눈을 떼지 못하는 단점이 있지만, TV 없는 생활은 상상 이상으로 가볍다.

먼 미래를 걱정한다고 해서 바꿀 수 있는 일은 없다. 지금 당장 할 수 없는 일 말고, 할 수 있는 일에 집중해보자. 가슴은 답답하고 불안한데 당장 할 수 있는 일이 생각나지 않는다면, 스마트폰 건강 애플리케이션을 켜고 1분에 6번 심호흡부터 해보자. 그럼에도 여전히 마음이 부산스럽다면, 지금 느끼는 기분과 떠오르는 생각을 백지에 나열해보자. 나는 자주 뇌 구조 그림을 그린다. 커다랗게 두상을 그리고, 그 안에 말풍선으로 지금 기분을 적는다. 걱정거리, 불안한 마음, 해야 할 일을 매번 쓸 때마다 느

/ 완벽하진 않지만 괜찮은 엄마가 되고 싶어 /

끼지만, 머릿속이 오만가지 생각으로 가득 찼다고 여겨지는 순간에도 내 머릿속 생각은 늘 생각보다 단순하고 적다. 우선 적고 보면 고민 중인 내용이 그렇게 복잡하지도, 많지도 않더라.

그럼에도 또 먼 미래와 과거가 나를 붙잡고 늘어진다면, 깊은 숨을 내쉬며 속삭여보자. 지금, 여기….

/ 가장 중요한 건 '엄마의 마음'이다 /

일주일에 2번,
남편과의 힐링타임

　　나와 남편은 소개팅 후 2주 동안 세 번 만나고, 네
번째 만나는 날 술을 마셨다. 대화를 이어가는 중 어쩌다 부모님
에 대한 이야기를 했는데, 아마 그때 마음이 찌릿 서로 통했던
것 같다.

　　"부모는 처음부터 부모인 줄 알았어요. 그런데 그게 아니잖아
요. 내가 커보니까 알겠더라고요. 아, 우리 엄마, 아빠도 나랑 똑
같았구나."

　　이 대목에 남편이 격하게 공감했다.

　　"그런 생각을 해요? 나만 하는 줄 알았는데…."

　　취기가 살짝 올라 주변 소리는 배경음악처럼 희미하게 들려
오고 우리 둘의 대화만 또렷했다. 사진으로 치면 매크로 느낌이

었다. 아무튼 우리는 술을 매개로 가까워졌다. 둘이서 술 마시면 그렇게 재미있을 수가 없었다. 막바로 임신을 해서 임신부터 모유수유까지 긴 시간 금주를 해야 했지만…. 결혼 11년 차인 지금도 일주일에 한 번 이상 함께 술을 마신다. 나는 막걸리 750ml 또는 1L 1병, 남편은 소주. 각자의 술을 식탁 옆 보조 테이블에 올려놓고 자기 페이스에 맞춰 따라 마신다. 술 마시는 동안 아이들은 영화를 보곤 했는데, 요즘 조금 커서 그런지 식탁에 같이 앉아 엄마, 아빠 대화에 끼기도 한다. 우리 둘이 나누는 대화를 듣고 꼬치꼬치 그게 뭐냐고 물어보기도 하고, 뜬금없이 자기 아기 때 일이 생각났다며 미주알고주알 설명하기도 하고, 학교 방과 후 교실에서 배운 방송댄스를 한없이 추기도 한다.

술 먹는 요일을 특별히 정해놓지는 않았고, 남편 회식이 없는 날, 내가 울쩍해 술이 당기는 날, 아니면 그냥 대화를 하고 싶은 날 중 마땅한 날 술판을 벌인다. 안주는 주로 고기류로 쫄깃한 수육을 잘 삶는 남편이 준비할 때도 있고, 족발을 주문할 때도 있고, 삼겹살이나 목살을 에어프라이어에 굽기도 한다. 주로 집에서 마실 때가 많다. 둘째가 6살이 되니 식당에서의 음주도 가능한데, 아무래도 집이 편하다. 여느 때처럼 주말 맞이 술상을 준비하던 어느 날, 문득 걱정이 밀려왔다. 아이 둘 다 미취학일 때에는 별생각 없었는데, 첫째 아이가 학교에 들어간 후 '이렇게

/ 가장 중요한 건 '엄마의 마음'이다 /

기준 없이 아무 때나 엄마, 아빠가 술을 마셔도 괜찮을까?'라는 생각이 들었다.

　다른 집은 어떤지 혹시 벤치마킹할 모범사례가 있는지 찾으려니 부부가 주기적으로 술을 마시는 집은 많지 않았다. 마시더라도 남편만 마시거나 저녁 먹으며 한두 잔 마시는 반주 정도였다. 어느 날 나의 고민을 남편에게 물었다.

　"우리 이렇게 기준 없이 술을 마셔도 될까?"

　"다음 날 지장만 없으면 되지 않아? 평소처럼 10시에 재우고."

　"그러면 지금처럼 마셔도 괜찮아?"

　"난 부모가 대화를 많이 주고받으며 해결책을 찾아가는 과정 자체가 아이들한테 교육적이라고 봐."

　그건 그렇다. 회사에서의 어려움, 짜증 나는 상사 이야기, 이상한 동료 이야기를 할 때도 있지만, 미래에 대한 대화, 함께 겪어온 시간에 대한 추억, 아무 말 농담 따먹기로 우리의 이야기는 화기애애하다. 부부가 웃으며 술 마시는 화기애애한 가정, 언젠가 내가 그려온 이상적인 장면이기도 하다. 친정아버지도 술을 참 좋아하셨다. 지금도 여전히 술을 드시지만, 세월에는 장사 없다고 예전만 못하시다. 예순일곱이 되신 요즘은 최대 소주 2병 (보통은 1병), 1주일에 1.5번만 드신단다.

　중 · 고등학교 때에는 아빠가 술 마시는 게 엄청 싫었다. 평소

/ 완벽하진 않지만 괜찮은 엄마가 되고 싶어 /

에는 흠 하나 잡을 데 없는 자상한 아빠인데, 그놈에 술만 들어가면 다른 분이 되었다. 그렇다고 나와 동생에게 욕설이나 폭력을 휘두른 적은 없지만, 술에 취한 말투, 엄마와의 시비 등 술 취해 좋은 일은 없었다. 고등학교 1학년쯤인가, 아마 시험기간이라 학원에서 늦게 끝나 집에 오는 길이었나 보다. 친구랑 셋이서 집으로 오는 길, 밤이라 잘 안 보이는데 저 멀리 취객 무리가 보였다. 뭐라 뭐라 하는데 거리도 멀고 발음도 부정확해 잘 안 들리는 와중, 친구가 말했다.

"선희야, 너희 아빠 아니셔?"

아닌 것 같다며 얼른 헤어졌다. 그 아저씨는 우리 아빠가 맞았다. 술 마시는 아빠 때문에 늘 속상한 엄마 등을 보며 자랐는데, 그래서 나는 커서 술 안 마시고, 결혼도 술 안 마시는 사람(적당히 마시는 사람)이랑 할 줄 알았는데 고3 백일주를 마시며 알았다. 우리 아빠 닮아서 나 또한 술을 참 잘 마신다는 것을, 아빠의 슈퍼 간을 물려받았음을 말이다.

남편은 대학 시절 아르바이트로 바텐더 일을 했다고 한다. 용돈을 직접 마련해야 해서 시급이 높은 알바 자리를 알아보다 하게 됐단다. 호기심으로 시작한 바텐더 일은 휴학까지 하며 2년간 이어졌다. 술에는 이력이 난 남자를 만난 것이다. 다행히 주사는 없다. 수시로 술 마시는 엄마, 아빠의 모습이 아이들 교육

/ 완벽하진 않지만 괜찮은 엄마가 되고 싶어 /

에 어떤 영향을 미칠지 고민해 보니 과음만 아니라면 나쁘지 않
다는 결론이다. 다만, 평일 중 되도록 1번, 주말에 1번, 일주일에
2번이라는 암묵적 합의를 지키려고 노력한다. 지켜지지 않을 때
도 있으나 우리만의 기준은 일단 그렇다. 술을 매개로 대화를 나
누고 웃음이 많아지는 술자리는 일상의 윤활유로 대환영이다.
간혹 기분에 취해 과음을 할 때가 있긴 하다. 금요일 밤 과음의
결과는 주말 내내 이어진다. 늦게 자서 피곤한 아이들은 틈만 나
면 짜증 내는 것도 모자라 별것 아닌데 트집 잡아 몸싸움을 한
다. 점심이 되어도 못 일어나는 사자머리 엄마(나)는 안방에 누
워 소리를 지른다.

"싸우지 마! 누가 먼저 때렸어?"

기운이 없어 일어나지는 못한다. 한편, 남편은 밥만 먹으면
조용히 사라져서는 역류성 식도염에 안 걸릴 만한 각도로 누워
쪽잠을 잔다. 수시로 잔다. 그 시각, 아이들은 쉴 새 없이 투닥거
린다. 그럼에도 불구하고 과음만 아니면 괜찮다. 적당한 음주로
대화를 잇고 그로써 엄마 마음이 치유된다면 술은 훌륭한 윤활
유다.

마음공부만큼
몸공부도 중요하다

나는 유아기에는 다소 말랐고, 출산 전까지는 날씬한 몸이었다. 출산 후 살이 찐다지만 나는 예외일 줄 알았다. 배가 나온 사람을 보면 '배에 힘 좀 주고 다니지'라는 생각을 했는데, 출산 후 알게 되었다. 아무리 힘을 줘도 배가 들어가지 않는다는 것을. 첫째를 낳은 후 출산 전보다 3kg 정도 체중이 늘었는데, 그때만 해도 괜찮았다. 옷 사이즈는 55에서 66으로 바뀌었지만 양호한 편이었다. 그런데 복직 후 회식에 참여하자 배가 나오기 시작했다. 1kg씩 야금야금 늘더니 57kg이 되었다. 키가 165cm로 몸무게만 봤을 때는 표준체중이지만, 나는 팔다리가 엄청 가늘다. 출산 전보다 늘어난 7kg 가량의 살이 거의 배에만 붙어있던 셈인데, 66 사이즈 바지가 허리는 작고 엉덩이와 다리

/ 완벽하진 않지만 괜찮은 엄마가 되고 싶어 /

는 남아돌아 그야말로 맵시가 엉망이다. 고무줄 밴드 슬랙스를 입으면 꼭 우리 엄마 바지를 입은 것 같고(우리 엄마도 배만 나온 체형이다) 배를 가리려고 긴 상의를 입으면 가려지기는커녕 오히려 돋보였다. 첫째를 낳고 복직하니 주변에서 슬며시 웃으며 묻는다.

"선희 씨, 둘째야?"

"좋은 소식 있나 봐."

그냥 똥배인데 흐뭇하게 바라보니 난감했다. 아니나 다를까 둘째를 낳고 복직하니 셋째냐고 묻는다. 배도 배지만, 엉덩이에도 살이 좀 붙었는지 뛸 때마다 뒤에서 누가 따라오는 것 같다. 엉덩이가 예전에 이러지 않았는데 뛰면 울리는 느낌이다. 둘째 육아휴직 후 복직을 앞두고 당장 입고 출근할 옷이 없어 옷가게에 갔다. 팔다리만 보고는 55를 권하는 점원에게 66을 달라고 했다. 슬림한 원피스였는데, 탈의실에서 나오는 나에게 점원이 말했다.

"어머, 어쩜 이렇게 배만 나오셨어요?"

체형 커버를 위해 부단히 노력했다. 통이 큰 옷은 오히려 더 배가 나와 보이고 임신한 것처럼 보이니 약간 슬림하며 허리를 잡아주는 옷, 허리에 벨트 등 포인트가 있는 옷 위주로 입었다. 결혼하기 전 입었던 스커트, 바지 등 언젠가는 입을 수 있을 거라며 남겨두었던 옷을 둘째 낳고 다시는 돌아갈 수 없다고 확신하며 아름다운 가게에 기부했다. 워낙 사진이 잘 나오지 않았는데, (그렇다고 실물이 훨씬 낫다고는 할 수 없지만) 잘 안 나오는 사진이 더욱 안 나왔다. 남편은 계속 동안인데 나만 늙어갔다. 남편은 나보다 3살이 많은데 '혹시 남편이 연하냐'는 질문에 애 낳고 나만 늙은 것 같아 억울하기까지 했다.

뱃살 빼는 방법이 나온 책을 사고, 다이어트 DVD를 사고, 윗몸일으키기를 하루에 10번씩 했지만 가시적인 성과가 보이지 않았다. 복근이 만들어진다는 운동은 몇 번 따라 하다 배가 찢어질 것 같은 느낌에 더 이상 따라 할 수가 없었다. 진지하게 뱃살 고민을 얘기하면 주위에서 말했다.

"그냥 평생 같이 가는 거야. 친구 같은 거지."

나는 정말 싫은데, 뱃살과 평생이라니. 옷맵시도 문제지만, 더 큰 문제는 따로 있었다. 두 번의 출산 중 한 번도 발견되지 않았던 자궁근종이 난데없이 생겼다. 언젠가부터 생리량이 급격히 늘었는데, 나중에 알고 보니 자궁근종의 증상 중 하나였다. 암이나 악성종양까지는 아니지만 검진 때마다 아주 깨끗하다던 자궁에 근종이 몇 개나 생겼다니 겁이 덜컥 났다. 검진 중 의사는 살이 찌는 것도 하나의 원인이 될 수 있다고 했다. 비만세포에서 에스트로겐 유사 물질을 분비하는데 자궁근종 등 여성 질환

/ 완벽하진 않지만 괜찮은 엄마가 되고 싶어 /

의 원인은 여성호르몬이 너무 많은 경우 생기기도 한다는 것이다. 게다가 자궁근종의 위치가 좋지 않고 앞으로 성장할 기미가 보이는 근종이 많아 이대로 두면 자궁을 적출해야 할 수도 있다며 한껏 겁을 주었다. 그러면서 나는 이제 위험군에 속하므로 주기적인 검사를 해야 하고 부인과 질환에 취약하니 얼른 유방외과에 가보라고 했다. 유방외과 엑스레이는 가슴을 있는 대로 끌어내 납작하게 눌러 촬영을 하는데 살다 살다 가슴이 그렇게 아픈 건 처음이었다. 전형적인 동양 여성 가슴이라 끌어당길 것도 별로 없는데 간호사 선생님은 요령껏 가슴을 쓸어모아 주었다. '억' 소리가 절로 나는 엑스레이 촬영을 마치고, 초음파 촬영까지 하니 물혹 몇 군데와 석회가 있지만, 다행히 이상은 없다고 한다. 난데없이 자궁근종이 생긴 원인을 곰곰이 생각해봤다.

  뱃살과 매일 마신 라떼(우유)를 줄이기로 마음먹었다. 당시 나는 캡슐 커피머신과 우유거품기를 이용해 매일 라떼를 만들어 먹었는데, 혹시 매일 마신 우유가 문제는 아닐까 생각했다. 마침 캡슐이 떨어져 쇼핑앱에서 고르는 중 연관 상품에 '버터커피'가 보였다. 『최강의 식사』라는 책을 보고 주문했다는 후기를 보고 즉시 책부터 검색했다. 그 주 주말 도서관에서 책을 빌려 단숨에 읽었다. 여지껏 내가 알고 있는 것과 다른 내용이었다. 야채를 많이 먹고 고기를 적게 먹어야 건강해지는 줄 알았는데, 야채

/ 가장 중요한 건 '엄마의 마음'이다 /

도 많이 고기도 많이, 대신 밥과 빵을 조금 먹어야 한다고 한다. 탄수화물을 줄이고 지방은 늘이는 저탄고지 방식이었다. 우유는 완전식품으로 안전하다고 생각했는데 이 책에서는 아니라고 했다. 아기 때부터 밥, 우유를 많이 먹어야 튼튼해진다고 했는데 아니었다. 돌이켜보니 나는 탄수화물을 과다 섭취하고 있었다. 반찬보다는 밥을 많이 먹었고, 모유수유 하던 때에는 건더기도 별로 없는 국에 고봉밥 한 그릇을 말아서 후루룩 먹어치우곤 했다. 여름이면 맹물에 밥을 말아 장아찌랑 먹곤 했는데, 저탄고지 관점에서 봤을 때는 최악의 식단이었다. 호기심 많은 나는 바로 도전했다. 도전은 참 잘한다. 작심삼일이더라도 일단 시작한다. 버터커피를 주문하고 간헐적 단식을 시작했다. 간헐적 단식을 위해 최소 15시간 이상 공복을 유지했다. 전날 저녁을 8시 30분까지 먹고 다음 날 점심을 11시 30분 이후에 먹었다(술 한잔하는 날 등 지키지 못할 때도 있다).

나는 미라클 모닝(새벽 기상)도 배가 고파 못할 정도로 아침에 배가 고프다. 아침에는 국에 밥을 한 순가락이라도 말아 먹고 가야 오전을 버틸 수 있었는데, 밥을 못 챙겨 먹으면 과자 부스러기라도 먹었다. 그런 내가 15시간 공복을 무슨 수로 유지할 수 있을까 싶었다. 저자는 15시간 공복 중 아침식사를 버터커피로 대신한다고 했다. 과연 버터커피가 나의 허기를 해결해줄 수 있을까? 실리콘밸리 과학자가 자기 몸에 실험을 해가며 약 7억여 원을 들여 터득한 방식은 나에게도 잘 맞았다. 출근하고 9시 30분경 버터커피를 먹으니 오전 배고픔이 사라졌다. 구내식당에서 먹는 점심밥의 양은 평상시의 반 정도로 줄이고, 고기나 계란 반찬, 나물 등 야채 반찬의 비중을 높여 먹었다.

보름쯤 지났을까? 몸무게는 변함없었는데 허리선이 보이기 시작했다. 한 달, 두 달 지속하니 배가 들어가고 몸무게가 점차 감량되었다. 2019년 11월에 시작하여 2년 6개월 동안 7kg이 감량되었다. 자궁근종 크기는 1.5cm에서 1cm로 줄었고 그보다 작았던 근종들은 흔적만 남았다. 어느덧 마흔이 된 지금, 나는 165cm 키에 49~50kg 몸무게를 유지하고 있다. 숨을 들이마셔 배를 홀쭉하게 만들면 갈비뼈가 보이고 허리가 잘록하게 들어간다. 체중이 감량되니 입기 부담스러웠던 옷가지 등 입을 수 있는 옷이 많아졌고 맵시 또한 괜찮아졌다. 더불어 나이보다 젊어 보인다는 칭찬도 듣는다. 11살 딸과 미용실에 가니 엄마가 아니라 언니 같다는 말이 어쩜 그리 듣기 좋은지…. 딸내미는 미용실 원장님이 또 오게 하려고 하는 말이라고 했다. 똥배가 뭐 그렇게 큰일인가 싶지만, 거울 볼 때마다 짜증 나고 남편도 은근히 살을 빼길 바라는 것 같았다. 동료 직원들은 셋째냐 묻고, 아이 낳고 힘들었냐며 관리 좀 하라는 지나가는 말에 얼마나 기운 빠지던

지 겪어보지 않은 사람은 모른다. 관리할 여력도 재력도 없는 상황에서 말이다.

뱃살 때문에 옷맵시가 안 나는 건데, 백화점에서 옷을 못 사입어서 맨날 싼 것만 입어서 그런 건 아닐까 하는 생각이 들기도 했다. 그 옛날 백화점에 가더라도 이벤트 코너나 매장 앞 매대에 나와 있는 옷을 주로 샀는데 지금 내 기준으로는 그 옷들조차 매우 비싸다. 바지나 스커트는 7만 9천 원, 블라우스는 5만 9천 원(세일 품목 기준)이 나에게는 부담스러운 금액이다. 지금은 나에게 맞는 인터넷 쇼핑몰 두어 군데에서 주로 주문해 입고 있다. 한때는 비싼 옷을 못 사 입는 내 처지를 탓하기도 했다. 백화점에 가서 소재라도 좋은 옷을 입으면 훨씬 나을 텐데 생각하면서 말이다. 그런데 뱃살을 빼고 보니 옷이 문제가 아니라 몸이 문제였다.

저탄고지, 버터커피가 모두에게 맞는 방식인지는 모르겠다. 현미 채식이 맞는 체질도 있을 테고, 운동과 저칼로리 다이어트가 맞는 체질도 있겠지만, 경험해본 1인으로서 나에게는 저탄고지가 최적이었다. 심지어 20대부터 나를 힘들게 했던 알레르기성 비염, 결막염, 인후염이 훨씬 덜해진 데다 둘째 낳고 뜬금없이 생긴 햇빛알레르기(반팔 입은 팔뚝이 간지럽고 부풀어 오르는)와 새우알레르기 또한 지금은 사라졌다. 서른넷이라는 늦지 않은 나이에 둘째를 출산했음에도 내 몸에 일어났던 여러 현상, 당혹스러웠던 증상이 사라졌다. 초여름부터 걸핏하면 팔뚝이 간지러웠고 간지러워서 긁으면 두드러기처럼 부어올랐다. 인터넷 검색을 통해 찾은 병명은 '햇빛알레르기'였다. 병원에서는 썬크림을 잘 바르고 면역력을 기르고, 심한 경우 햇빛을 보지 않도록 노력하고, 만약 햇빛에 노출될 경우 항알레르기 약을 섭취하라는 처방을 내렸다. 비타민 D가 부족하다며 햇빛을 충분히 쪼이라는 처방과 상충되는 말이었다. 게다가 생전 없던 새우알레르기까지 생겼다. 그즈음 시댁에 가니 바닷가에서 새우를 사 오셨다며 소금구이 해주신 새우 대가리를 먹었는데 그만, 이튿날 새벽 잠자다가 숨을 쉬기 힘들었다. 새우 대가리는 그전에도 먹은 경험 있지만, 덜 익은 게 문제인지 몸 상태가 변해서 그런 건지 이유를 알 수 없었다. 눈두덩이가 간지러워 잠에서 깼는데, 화장실에 가서 보니 눈이 부어 있었다. 자고 일어나면 가라앉겠지 싶어 마저 잠을 청했지만, 조금 이따가 숨을 쉬기 어려워 다시 잠에서 깼다. '아, 이게 말로만 듣던 아나필락시스 쇼크인가?' 싶었다. 첫째가 서너 살 무렵이라 남편에게 아기 재우라고 이르고는 깜깜한 새벽, 차를 몰고 대학병원 응급실로 향했다. 당시 임신 가능성이 있어 수액만 맞을 수 있다고 하기에 두어 시간 수액을 맞고는 동이 틀 무렵 집에 돌아왔다. 몸의 균형이 맞춰지고 면역력이

/ 가장 중요한 건 '엄마의 마음'이다 /

돌아오며 이유 없이 나를 괴롭혔던 각종 알레르기와 염증으로부터 자유로워지고 있다.

출산 후 몸이 좋지 않아 찾은 병원에서는 모든 증상을 '산후풍'으로 단정했다. 그게 아닌 것 같은데 진료실에서 나올 때마다 궁금증이 해소되지 않아 답답했다. '산후풍'이라면 앞으로 어떻게 조심해야 하는지, 뭘 조심해야 하는지 아무도 자세히 알려주지 않았다. 내 몸은 내가 공부해야 한다는 결론에 다다랐다. 건강한 엄마로 아이 옆에 오래 살기 위해서는 몸 공부가 필요하다.

/ 완벽하진 않지만 괜찮은 엄마가 되고 싶어 /

내가 나를
구원하는 방법들

저가의 로드샵 화장품을 인터넷으로 주문해서 쓰는 나는 화장품으로도 괜한 주눅이 들곤 했다. 백화점 공병 이벤트에 참여하면 백화점 화장품을 써도 인터넷 가격과 별 차이 없다는 혹은 더 저렴할 수 있다는 한 동료 직원의 말을 듣고 인터넷 검색을 해봤지만, 내 화장품 풀세트의 석 달 치가 그분이 쓰는 화장품 한 병 값과 맞먹는 것을 알고 상대적 박탈감을 느끼기도 했다.

둘째를 낳고 서른다섯에 복직을 했는데, 당시 나는 많이 지쳐 있는 상태였다. 복직한 나에게 직원들은 이제 복직했으니 피부과에 가서 점도 빼고 관리도 하라며 위로 아닌 위로를 건넸다. 점 빼고 피부 관리할 여력이 있었으랴. 시간도 돈도 부족한 나는

/ 가장 중요한 건 '엄마의 마음'이다 /

아직도 피부과에 못 갔다. 대학 입학 때부터 시간 나면 눈가와 코 옆 점을 빼라고 우리 엄마도 누누이 말씀하셨지만, 미혼 시절 직장생활 중 휴가를 내려고 '가사'라는 사유를 적어 휴가 결제를 올리면 결혼도 안 했는데 무슨 집안일이 있냐고 꼬치꼬치 캐묻는 게 당시 분위기였다. 취직한 지 얼마 지나지 않았기에 휴가 일수도 얼마 되지 않았고 눈치 보다 못 쓴 휴가는 보상비로 대체하곤 했다. 그런 분위기 덕에 피부과 레이저 시술까지는 관심이 닿지 못했고, 입사 3년 차에 간신히 명절 연휴 전 휴가를 덧붙여 라섹수술을 했다. 라섹수술은 안경을 벗고자 하는 나의 욕망과 안경 때문에 번번이 소개팅이 잘 안 되는 것 같은 느낌적인 느낌으로 강행했지만, 점 빼는 것, 피부과 시술은 나에게 잉여였다. 복점도 아닌 점을 왜 그리 달고 다니냐며 마그네슘 부족으로 눈 떨림을 치료하러 갔던 신경외과의 할아버지 원장님의 말에 어이가 없었다.

　그 복점도 아닌 점을 나는 마흔이 된 지금도 달고 있다. 앞으로 어떤 큰 계기가 있어야 얼굴의 수많은 점을 빼러 가려나. 코로나 시작 무렵, 마스크 쓰는 지금이 점을 빼기에 적기라고 했는데 마스크를 쓴지 언 2년이 지났지만 나는 아직 점을 빼지 못했다. 둘째를 낳고 복직했을 때, 사무실에 연금보험 영업하러 들른 아주머니는 서른다섯인 내게 말했다.

"선생님은 40대 초반? 40대 중반? 연금보험 준비해두셨나요?"

연금보험이고 뭐고 내 나이를 당시보다 5~10살 더 본다는 사실에 분개했다. 육아와 대출에 지친 나는 당시 그래 보였나 보다. 보이는 대로 말한 건데 그 아주머니가 무슨 잘못이란 말인가. 그렇지만 당시 내가 느낀 충격은 상당했다. 같이 설명을 듣던 직원들이 나의 불쾌감을 동시에 느꼈고 말도 안 되는 대꾸로 내 편을 들어줬다.

"이 분은 스물여덟이에요."

화장법에 문제가 있나, 피부 때문인가 싶어 그날 당장 마트 문화센터 메이크업 강좌를 신청했다. 몇 주 후 시작된 석 달간의 메이크업 강의는 매우 유익했다. 세안 방법부터 기초화장품 선택 요령, 색조 메이크업 요령까지 난생처음 메이크업 방법에 대해 체계적으로 배웠다. 이래서 사람은 죽을 때까지 배워야 한다고 하나 보다. 그때 배운 내용을 요약하면 이렇다. 색조 화장보다 기초화장이 훨씬 중요하다.

1. 세안 시, 립앤아이 리무버를 사용해 눈가와 입가를 닦는다. (눈화장을 안 하더라도)
2. 얼굴을 물로 몇 차례 적셔준 후, 셋째, 넷째 손가락으로

/ 가장 중요한 건 '엄마의 마음'이다 /

폼클렌징을 동글동글 거품 내고 거즈 손수건을 물에 적셔 얼굴의 거품을 닦아낸 후 가볍게 15번 물로 헹군다. (두 번째 손가락은 힘이 세서 세안, 메이크업에 부적절하다. 거품을 닦아내려 얼굴을 마구 문지르지 않는다.)

3. 토너를 화장솜에 적셔 가볍게 닦아준 후, 마스크팩을 10분가량 붙인다.

4. 마스크팩을 떼어내고 에센스, 크림을 순서대로 발라준다.

강좌를 듣고 마스크팩을 약 6개월간 하루도 빠짐없이 붙였다. 40대라는 그 말을 듣지 않기 위해 기를 쓰고 매일매일 붙였다. 메이크업 강좌를 추석 이후 석 달간 들었는데, 이듬해 구정에 만난 동서가 물었다.

"아니, 얼굴에 뭐를 했어요?"

효과가 있긴 있었나 보다. 듣고 배운 대로 세안법부터 상세히 소개해주었다. 메이크업 강좌 선생님은 나와는 다른 세상 사람같이 화려한 분이었는데 알고 보니 나와 동갑내기인데 결혼을 일찍 해 훨씬 큰 자녀 둘을 두었다고 했다. 관리를 잘하면 저렇구나 싶었다. 나이보다 10살은 젊어 보이는 선생님에게 물었다.

"선생님은 화장품 브랜드 있는 거 쓰세요? 풀세트로요?"

선생님은 아니라고 했다. 저렴한 로드샵 화장품 중 라인별로 인기 있는 상품을 골라 쓴다고 했다. 토너는 A사, 에센스는 B사, 크림은 C사로 로션을 건너뛰고 3종을 쓴다고 했다. 토너-스킨-아이크림-로션-에센스-크림을 단계별로 쓰지 않으면 바로 주름이 생길 것 같아 겁이 났는데 아니었다.

강좌 들은 지 5년이 지난 지금 나는 모공패드-아이크림-에센스-크림 순서로 쓰고 있다. 마스크팩은 1년여간 붙였지만 지금은 귀찮아서 하지 않고 있다. 크림은 유아기 자녀 피부에 바를 크림을 찾다가 직접 만들었다는 상품으로 1달에 한 번씩 9,900원 세일을 하는 H사 크림을 쓰고 있으며 토너 대신 모공패드, 로션은 생략하고 에센스는 로드샵 브랜드의 저렴한 상품을 쓴다. 중학교 2학년 때부터 모공이 워낙 큰 데다 뾰루지도 자주 올라와 피부 좋다는 칭찬은 여전히 못 듣지만, 화장품 라인을 동일 브랜드로 예닐곱 단계씩 갖춰 썼던 시절과 지금 큰 차이가 없다. 겨울에도 피부 당김이 느껴지지 않는다면 유수분이 충분하다는 것이니 지금 쓰는 화장품을 앞으로도 유지할 예정이다. 그렇게 피부에 대한 콤플렉스를 어느 정도 극복했는데, 남편은 내가 인터넷으로 옷을 주문할 때마다 색이 잘 받지 않는 것 같다고 했다. 내가 보기에는 다 잘 어울리는데, 청남방이나 짙은 녹색 상의를 입은 나를 보고 고개를 절레절레 흔든다.

"옷이 안 받아. 색이 안 어울려."

거울을 보고 또 봐도 잘 모르겠다. 내가 보기에는 괜찮은데…
스물스물 짜증이 났다. 내가 나를 보면 잘 몰랐는데, 딸내미에게
옷을 입히다 알았다. 뭘 입어도 예쁘지만 잘 받지 않는 색이 있
다는 것을. 딸아이는 청색 상의를 입히면 환한 낯빛이 살짝 어두
워졌다. 나에게 맞는 색을 찾아야 했다.

회사 직원과 점심식사를 하다가 철마다 옷을 잘 사 입는 요령
이 궁금해 물었더니 '퍼스널 컬러' 상담을 받았다고 한다. '대전
퍼스널 컬러'를 검색하니 많은 업체가 검색된다. 썬크림만 바른
민낯으로 업체를 방문하면 1시간 이내 상담으로 나에게 맞는 색
을 찾아준다고 한다. 내가 방문한 곳의 금액은 8만 원이었는데
저렴하지 않았지만, 나는 아무리 거울을 봐도 내 낯빛이 쿨톤인
지 웜톤인지 도대체 몰랐기 때문에 가기로 마음먹었다. 노란빛
이 더 돌면 웜톤, 분홍빛이 더 돌면 쿨톤이라고 하는데 누구보다
내가 나를 잘 아는 줄 알았지만 아니었다.

벚꽃 날리는 봄날 휴가를 내고 방문한 퍼스널컬러 상담업체
에 들어서니 먹고사는 방법도 참 여러 가지라는 생각이 들었다.
이렇게 많은 직업군이 있는 걸 진작 알았다면 얼마나 좋았을까
생각을 하며 입장했다. 왜 컬러 진단을 하러 왔는지, 활용도는
무엇인지 등 여러 설문항목을 작성하고 본격적인 컬러 진단이
시작되었다. 내 목에 정사각형 색색깔 손수건을 수십 장 댄 후,

손수건 색깔과 내 얼굴빛의 변화를 관찰해 잘 어울리는 색을 찾는 과정이 진행되었다. 사실 내 얼굴은 내가 익숙히 봐왔기 때문에 어떤 손수건이 대어진들 나는 그 차이를 알아채기 어려웠다. 내 눈에는 다 비슷한데 원장님은 내 피부는 노란끼가 많은 웜톤이며 그중에서도 가을에 가깝다고 했다. 그러고 보니 내가 옷을 사러 갔을 때 의외의 색상이 잘 어울려 산 적이 더러 있는데 그 색이 가을 웜톤의 색이기도 했다. 검정색 코트를 사러 갔는데 결국 밤색 코트를 사거나 짙은 색 재킷을 사러 갔는데 베이지 재킷을 샀던 게 그런 연유였다. 주로 인터넷으로 옷을 주문해 입는 나로서는 나에게 어울리는 색을 아는 게 큰 소득이었다. 컬러 진단을 받은 이후 옷을 주문할 때마다 실패가 적어졌고, 늘 흰색, 회색, 검정색 등 무채색에 국한되었던 선택폭이 넓어졌다. 카키, 소라, 민트, 겨자, 노란색이 회색이나 검정색보다 훨씬 얼굴색을 돋보이게 했다.

남 탓, 환경 탓 숱하게 해봤지만 달라지는 게 하나도 없다. 기분도 자존감도 바닥으로 끌어 내려질 뿐. 나에게 맞는 화장품, 나에게 맞는 색, 나에게 맞는 생활방식과 소비습관을 꾸준히 찾는 것만이 내가 나를 구원하는 방법이었다.

/ 가장 중요한 건 '엄마의 마음'이다 /

/ PART 3 /

육아에 정해진 법칙은 없다

자본주의 육아에서
벗어나다

"이거 없으면 애기 못 키워요."

실리콘 젖병은 보기에도 신기했다. 길어졌다가 짧아졌다 하는 말랑말랑한 젖병은 인체에도 무해한 데다 먹이기 편하고 휴대하기도 편해 보였다.

"산모님, 아이 성장앨범 준비하셨어요?"

"아이 보험 드셨어요? 교육보험 다 해 놓으셔야 돼요."

만삭으로 방문한 베이비 페어에서 쏟아지는 적극 마케팅에 당황스러움을 감출 수 없었다. '육아용품이 이렇게나 다양했나?' 싶었다. 그 넓은 육아용품 대전에서 아기 손수건 10장, 중소기업 아기 띠만 구입해 단출한 쇼핑을 하고 나왔다. 상대적 박탈감이 느껴져 기분이 별로 좋지 않았다. 나만 빼고 다 부자인 것 같았다. 아이에게 괜한 미안함도 느껴졌다. 알아서 돌아가는 자동 모빌, 풀세트 아기용품, 예쁜 아기 침대, 아기 침구 세트, 좋은 식재료로 만드는 이유식, 최고로 좋은 것만 해주고 싶은 바람과 현실은 달랐다. 여기저기서 얻어온 헌 책은 베란다 보관 기간이 길어지자 때가 끼었고, 남편과 마주 앉아 물티슈로 한 권 한 권 닦아내니 뽀얀 물티슈에 검은 때가 묻어났다. 간혹 백화점 외출복이 선물로 들어오면 세일하는 내복 여러 벌로 교환해 입혔다. 비행기는 두 돌 전까지 무료라는데 아기 데리고 해외여행 한 번 다녀오고 싶었지만 언감생심이었다.

물려받은 옷은 사이즈를 확인하려고 폈다 개기를 얼마나 했는지 모른다. 간혹 오래된 옷들은 삭아서 헤져 구멍 난 것을 입히고 외출 후 발견하기도 했다. 한 해라도 더 입혀야 하기에 늘 넉넉한 옷을 입혔다. 여름 샌들을 큰 사이즈로 사서 그해 여름은 크게 신겼더니 다음 해에는 작아져서 못 신겼을 때 얼마나 속이 상하던지. 그 이후, 여름 신발은 발에 딱 맞는 사이즈로 구입한다. 돈 아끼려고 애쓰다 오히려 돈을 더 쓰게 되는 상황이 생길 때면 기운이 쭉 빠졌다.

개똥철학인지는 몰라도 아이 때는 저렴하고 편한 옷을 입히는 게 장땡인 것 같다. 내 나름대로 정한 기준, 아이에게 저렴한 옷을 입혀야 하는 3가지 이유를 생각해봤다.

/ 완벽하진 않지만 괜찮은 엄마가 되고 싶어 /

첫 번째로 엄마의 불필요하게 소모되는 에너지가 절약된다. 애들은 수시로 흘리고 묻힌다. 옷 앞자락은 항상 더럽혀진다. 좋은 옷 입히면 뭐가 묻을 때마다 그때그때 벗겨서 지르잡아 주어야 한다. 그렇지 않으면 얼룩이 되어서 과탄산소다에 뜨거운 물 섞어 얼룩 위에 얹어 반나절 지난 후 빨아줘야 한다. 그거 엄청 성가시다. 체력이 달리는 나 같은 엄마는 세탁기에 옷 돌리고 빼는 것만으로도 벅찬데, 아이 옷 찌든 때 빼는 것은 잉여다. 몰아서 한 번에 얼룩 제거하려고 모으다 보니 계절이 바뀌고 옷이 작아지는 경험을 한두 번 한 게 아니다.

두 번째는 아이의 집중력이 향상된다는 점이다. 간혹 퇴근 후 옷을 갈아입지 못하고 바로 저녁식사를 준비하는 경우가 있는데, 쌀 씻어 안치는 것까지는 괜찮지만 양념에 볶거나 무칠 때는 옷을 버릴까 봐 여간 조심스러운 게 아니다. 밥할 때도 그렇지만, 흰색 옷을 입고 짬뽕 먹으러 갔을 때도 혹시 옷에 튈까 엄청 신경쓰인다. 아이도 그렇지 않을까? 옷 버려서 한두 번 엄마한테 혼난 경험이 있다면 물감놀이, 모래놀이에 옷 버리는 거 신경 안 쓰고 전념하기 어렵다. 더러워져도 부담이 없는 옷을 입어야 운동장 바닥에도 철퍼덕 앉고, 미술수업, 슬라임 놀이 등 그 상황에 오롯이 집중할 수 있다. 뭐 묻을까 봐 걱정 안 하고, 엄마한테 혼날까 봐 걱정 안 하면서 말이다.

세 번째는 너그러운 엄마가 될 수 있다는 것이다. 첫째가 3학
년쯤 물었다.

"근데, 엄마는 왜 옷에 뭐 묻혀도 뭐라고 안 해?"

뜬금없는 물음에 왜 그러냐고 되물으니 답한다.

"아니, 친구들은 뭐 묻으면 큰일 난다고 해서."

비싼 옷이 아니라서 옷 버리는 데에 둔감한 건데 아이는 엄마
를 꽤나 너그럽고 자애로운 사람이라고 생각하는 것 같았다. 이
런 부가적인 효과는 덤이다.

저렴한 옷을 입혀야 하는 타당한 이유는 스스로 정립했으니
옷은 그렇다 치자. 아이의 오감을 골고루 발달시켜준다는 갖가
지 육아 · 교육용품 마케팅을 듣고 있자니 여지없이 불안해진다.
그런데 온갖 장점을 내세우며 판매하는 육아용품, 교육용품을
사용하면 누구나 영재가 될 수 있을까? 집에 들이면 아이들 모
두 똑똑해질까?

우리 아이 발달을 위해서가 아닌 판매사원 본인의 실적을 위
해 입이 부르트게 설명하는 건데, 지금 당장 사주지 않으면 우리
애만 뒤처질 것 같은 불안감이 든다. 유명출판사 전집의 첫 출고
가격은 매우 비싸다. 유통구조는 잘 모르지만, 바람직한 가격은
아니라고 생각한다. 중고 책 읽혀도, 물려받은 책 읽혀도 아이는
아무렇지 않다. 중간중간 찢기고 생뚱맞은 뽀로로 스티커가 붙

어 있지만 읽는 데는 아무 문제가 없다. 좋은 책과 안 좋은 책이 아니라 비싼 책과 싼 책만 있다는 '지랄발랄 하은맘'의 조언에 위로받으며 집에 있는 책을 읽고 또 읽어줬다.

육아에 법칙이란 없다. '뭐 하면 안 된다, 그렇게 하면 아이 버릇 든다, 손탄다, 물려받은 책 읽히면 안 된다' 등등 집집마다 처한 상황이 다르고 아이의 성향이 다르고 재정 상황이 다른데, 엄마의 고민으로 각자 자기 위치에서 할 수 있는 만큼 한다면 그로써 충분하지 않을까? 주머니가 가벼워 매사 주눅 들어 지낸 시절, 육아 선배들의 한마디 한마디 충고가 무겁게 느껴졌다. 지금 내 상황에서는 책을 물려받아 읽힐 수밖에 없는데, 책은 사서 읽히라는 충고, 한글은 학습지 시켜야 빨리 뗀다는 충고, 미술수업 받아야 아이 오감이 골고루 발달한다는 충고에도 당시 상황 덕분(?)에 영유아기 교육에 돈을 들이지 않을 수 있었다. 영유아기에는 교육보다는 보육, 지식보다는 정서적 안정이라고 생각했다. 한글은 5권에 3만 원짜리 교재를 구입해서 아이가 원할 때 시작했다. 통글자 방식 대신 한글 창제 원리에 따라 만들었다는 EBS 한글 프로그램 제작에 참여한 분이 집필한 책을 교재로 선택했다. 첫째가 다섯 살 무렵, 한글에 호기심을 보이길래 퇴근 후 저녁 준비하는 동안 5권짜리 한글교재를 찬찬히 넘기며 아이도 부모도 스트레스받지 않고 시나브로 한글을 뗐다.

/ 육아에 정해진 법칙은 없다 /

아파트 재활용하는 날 내놓은 책, 중고 책 서점에 나온 저렴한 책, 당근마켓에 나온 책, 아이 다 키웠다며 책장 정리하는 직원으로부터 받은 책 등 최대한 적은 돈을 들여 책장을 채웠다. 초등학교에 들어가니 한번 읽은 책을 반복해서 보는 횟수가 눈에 띄게 줄었고, 마침 집 가까이 생긴 도서관에 짬 날 때 들러 책을 빌리고 반납했다. 책이 발에 차이는 환경, 심심할 때 손 뻗으면 책이 잡히는 환경을 만들어주면 그만이지 꼭 새 책이어야 할 필요는 없다.

역사상 모든 왕의 정책목표는 '왕권 강화'였듯, 기업의 목표는 오롯이 '이윤 추구'다. 기업은 우리 아이의 발달보다는 부모의 지갑을 여는 게 목표이므로 지금 바로 시작하지 않으면 아이 발달에 영향이 있다며 부모 마음을 불안하게 만든다. 우리는 어쩜 매 순간 공포마케팅에 속고 있는 게 아닐까?

선물은
1년에 3번만

초등학교 때 친했던 친구는 삼 남매 중 막내였다. 친구는 나이 차가 제법 나는 언니, 오빠의 사랑을 듬뿍 받으며 자랐고, 그 친구 덕분에 나도 늘 오빠가 있었으면 좋겠다고 생각했다. 또 하나 부러웠던 점은 친구 집의 '간식 창고'였다. 언제 어느 때 놀러 가도 늘 가득 차 있던 간식 창고가 얼마나 좋아 보였는지 모른다. 집에 돌아와 엄마한테 우리도 친구 집처럼 간식 좀 집에 사다 놓자고 졸랐다.

첫째 이유식을 시작하니 간식이 필요했다. 어릴 적부터 선망해왔던 친구 집 간식 창고를 내 손으로 직접 만들어줄 수 있게 된 것이다. 돌 전 아이의 간식은 쌀과자, 요플레 정도였지만, 아이가 크면서 다양한 간식을 접하게 되는데 이때부터 엄마의 '쟁

/ 육아에 정해진 법칙은 없다 /

여놓기' 본능이 발동했다. 치아에 달라붙지 않는다는 천연색소로 만든 젤리를 한 상자씩 사들이며, 편의점에서 한 봉지씩 사면 비싸니 상자째로 사는 게 훨씬 싸고 이득이라고 묻지도 않은 이유를 상세히 설명한다. 부엌 찬장 한 칸은 아예 아이 간식으로 가득 채운다. 아이가 울며 떼쓰는 비상상황에 주려고 사둔 당도 높은 특별 간식은 그다지 비상상황이 아닐 때도 아낌없이 내어주었다. 아이는 간식 창고에 간식이 있다는 걸 알기에 시도 때도 없이 요구하고, 나는 못 이기는 척 내어준다. 떼써 얻어낸 간식은 이제 더 이상 귀하고 소중하지 않았다. 찬장 문만 열면 많이 있으니까. 그러면서 상습적으로 봉지만 뜯은 채 먹지 않고 남기는 일이 잦아졌다. 아이는 마트에 가면 집에 있는 거 말고 새로운 간식거리를 사자고 했다. 집에 간식이 많이 있다고 해도 소용없었다. 어르다 지쳐 사준 새로운 간식은 또 봉지만 뜯어 놓고 먹지 않는다. 대량으로 사면 저렴하다고 잔뜩 사다 놓은 젤리는 유통기한이 다가왔다.

장난감은 또 어떤가. 첫아이가 유난히 떼를 부리던 4살 때, 내 넋두리를 들은 지인이 '칭찬 스티커' 제도를 운영해 보라고 했다. 포도를 그려서 말을 잘 들을 때마다 칭찬 스티커를 붙이고 포도가 스티커로 가득 차면 원하는 소원을 들어주는 시스템이었다. 그날 퇴근해 당장 포도를 그렸다.

"혜원아, 이제 혜원이가 멋진 일 했을 때 여기 스티커를 붙일 거야. 포도에 스티커 다 붙이면 엄마가 혜원이 원하는 소원 들어 줄게."

"혜원아, 어린이집 가방 좀 갖다 줘."

"엄마, 어린이집 가방 여기. 스티커!"

"엄마, 밥 다 먹었어. 스티커!"

"엄마, 양치 잘했으니까 스티커!"

"엄마, 엄마! 스티커!"

스티커 남용이다. 나중엔 스티커를 찾아다 아이 스스로 붙였다. 포도는 일주일이 채 안 되어 가득 차고 매주 장난감도 늘어 갔다. 더군다나 할아버지, 할머니는 첫 손주가 너무 예뻐 아이를 만날 때마다 동네 문구점에 가서 아이가 집는 대로 장난감을 사 주셨다. 쉽게 얻을 수 있는 장난감, 아이에게 더 이상 귀하지 않게 되었다. 비싼 플라스틱 쓰레기(=장난감)가 집 안 구석구석을 차지하는데 뭔가 잘못됐다는 느낌이 들었다.

'이건 아니다. 지나치게 풍요롭다. 뭔가 잘못됐다.'

첫째가 4살 때 나의 외할머니가 돌아가셨다. 외할머니 장례 식장에 도착하니 외사촌 조카가 여럿이 와 있었다. 오랜만에 만나니 조카들도 부쩍 자라 있었다. 우리 아이보다 2~3살 위인 조카 셋은 당시 7살쯤 됐나 보다. 셋이 약속이나 한 듯 큼지막한 왕

진 가방을 들고 왔다. 그 옛날 의사 왕진 가방과 같은 플라스틱 가방 안에는 변신 자동차가 빼곡했다. 색상별 스타일별로 칸칸마다 정리된 변신 자동차 장난감이 들어차 있었다. 카드를 만나면 얌전한 자동차가 방정맞게 변신한다. 사마귀, 토끼, 코뿔소 야무지게도 잘 만들었다. 대충 헤아려도 스무 대는 족히 넘어 보였다. 당시 모든 게 돈으로 보였던 나는 변신 자동차를 보고 생각했다.

'저거 다 하면 30~40만 원은 우습겠군. 다들 살 만하구나.'

집에 돌아온 딸내미는 변신 자동차를 사달라고 틈만 나면 졸랐다. 한정판이 나오면 대형마트에 새벽부터 줄을 서서 구입한다는 변신 자동차는 디자인별로 가격이 다르고 인기 있는 디자인은 훨씬 더 비쌌다. 선물은 생일, 크리스마스 등 정해진 날만 산다는 규칙이 정립되기 전, 포도송이를 한참 그리던 때라 기준 없이 변신 자동차를 주문했다. 아이는 계속해서 한 대만 더 사달라며 틈만 나면 떼를 썼다. 아이의 관심을 다른 데로 돌릴 수 없을까 남편과 머리를 맞댔다.

아무리 근사한 여행지에 가도 아이가 길바닥의 개미, 거미에 집중한다는 기억을 끄집어냈다. 아이는 집 앞 놀이터에도 천지인 개미와 거미가 4시간 걸려 도착한 관광지에서도 반가운가 보다. 아이에게 새로운 거 하나 더 보여주고 싶은 마음에 이제 그만 박물관에 들어가자고 연신 말을 해도 개미 구경하느라 요지부동이었다. 또 새로운 변신 자동차를 사달라는 아이를 데리고 놀이터에 나가 개미를 찾았다. 과자를 가지고 나가며 과자부스러기를 어떻게 옮기나 관찰하자고 아이를 어른다. 생각보다 금방 넘어왔다. 개미를 집에 데려가자며 왕개미 몇 마리를 빈 페트병에 넣어 데려왔으나 금방 죽었다. 문구점에 가니 개미 키우기 키트가 있었다. 왕개미를 잡아 개미 키우기 키트에 넣었다. 관심 돌리기 성공이다. 변신 자동차는 개미와 거미를 이길 수 없었다.

그렇게 포도 스티커를 없앴다. 장난감은 생일, 크리스마스, 어린이날에만 사는 것으로 원칙을 정했다. 간식 창고도 없앴다. 택배로 받은 대용량 간식을 차곡차곡 쟁이며 느낀 뿌듯함, 저렴하게 구매해 가정경제에 보탬이 되었다는 보람은 착각이었다. 시도 때도 없이 간식을 내어주며 충치가 생기지 않을까 걱정하는 찝찝함, 유통기한에 쫓기는 압박감, 돈 아낀 줄 알았는데 돈이 아까운 아이러니한 상황이었다.

"우리 앞으로 간식은 마트에 갈 때, 딱 한 가지만 고르는 거야."

아이는 생각보다 빨리 적응했다. 도입기에 약간의 저항이 있었으나 원칙처럼 잘 지키고 있다. 생일, 어린이날, 크리스마스에만 받을 수 있는 장난감은 이보다 귀할 수 없다. 가장 가까운 기념일을 기다리며 원하는 장난감 중 가장 갖고 싶은 걸 고르고, 그렇게 얻은 장난감은 애지중지한다. 지나치게 풍요로운 소비의 시대, 우리 아이들에게 지금 필요한 건 적당한 '결핍'과 '절제'가 아닐까.

10년째,
하루 15분
책 읽기

임신 중 지인으로부터 육아 관련 서적을 건네받았다. 아이에게 하루 15분씩 책을 읽어주라는 내용이었다.

'15분으로 정말 될까? 부족하지 않을까?'

결론은 아이 둘 잠자리 책 읽기만은 놓지 않으려 10년간 고군분투한 내 경험상, 15분이 기네 짧네 따지지 말고 그냥 읽으면 된다. 일단 책을 펴고 매일 읽어주면 된다. 누구나 할 수 있다. 어느 날은 책을 펴자마자 그만 읽자고 하기도, 또 어느 날은 지칠 때까지 읽어 달라고 하기도 한다. 이상하게 밤만 되면 눈이 말똥말똥 해지는 아이들에게 밤은 책의 바다에 빠뜨리기 최적의 시간이라고 하지만, 내일 출근해야 하는 현실을 고려하여 아이를 달래고 아쉬운 채로 잠드는 날이 많다. 매일 같은 시간에 책 읽

/ 완벽하진 않지만 괜찮은 엄마가 되고 싶어 /

기를 반복하니, 인이 박인 습관처럼, 숨 쉬듯 당연한 것처럼 책을 읽게 되었다. 아이 둘이 조용해서 들여다보면 하나는 침대에 엎드려 책을 읽고 또 하나는 바닥에 책을 깔아놓은 채 그림을 보고 있다. 그 모습을 바라보자면 황홀할 만큼 뿌듯하다. 앞서 언급한 것처럼 우리 집엔 새 책이 거의 없다. '읍니다.'로 문장이 끝나는 책이 아니라면, 브랜드가 있건 없건 어떤 책이든 괜찮다. 읽다가 재미없으면 다른 책을 읽으면 그만이다.

한동안 잠수네 추천 도서를 읽히려 무진 애를 썼는데, 도서관에 오는 엄마들이 모두 잠수네 회원인지 검색하는 책마다 '대출 중'이다. 그냥 제목이 재밌고, 표지가 눈에 띄는 책, 글밥이 아이 수준에 맞는 책을 엄마 눈높이로 골라 읽혔다. 우리 동네 도서관은 한 사람당 10권을 빌려주는데, 손수레 가득 20권 이상 책을 빌려온다. 그중 절반만 읽어도 성공이다. 집 안 여기저기 책이 발에 걸리는 환경을 만들어주고, 주말 나들이, 여행 갈 때도 읽든 안 읽든 무조건 책을 챙긴다. 내 책, 아이 책을 친정에 갈 때마다 싸들고 오는 모습에 친정엄마가 말씀하셨다.

"애들이 읽지도 않는 책을 뭐 그리 싸 들고 다니니?"

'언젠가는 읽겠지, 한 줄이라도 읽겠지'라는 생각으로 여전히 꿋꿋이 책을 싸 들고 다닌다. 어쩌다 한번은 흐뭇한 광경이 펼쳐질 테니….

거실이 있는 집으로 이사하며 첫 번째 5단 책장을 들이던 날 얼마나 기뻤는지 모른다. 책장을 원래대로 세울까, 가로로 눕힐까 고민하다 아이가 어려 안전을 생각해 일단 눕혔다. 거실 한켠을 차지한 책장에 그간 베란다에 쌓아두었던 책을 가져와 꽂았다. 남편과 마주 앉아 물티슈로 한 권, 한 권 책을 닦아내면서 말이다. 하나 더, 하나 더… 그렇게 들인 5단 책장이 6개가 되었다. 10년간 4번의 이사, 이사할 때마다 이사업체 아저씨들이 고개를 절레절레 흔드셨다. 이사계약서를 쓸 때면 특이사항에 '책 많아요'가 기록되곤 했다. 브랜드 가방, 옷가지에 대한 욕심이 없어진 지 오래이지만, 책장 사는 일은 그렇게 좋을 수가 없다. 기운이 남아도는 날이면 책장을 뚫어져라 보며 정리한다. 같은 유형별로 분류하고, 제자리를 찾아 꽂는다.

최근 이사하며 영아기 책을 일부 정리했는데, 맙소사 이사 오고 나니 아이가 딱 그 책을 찾는다. '이래서 책을 버리지 말라고 했구나' 싶었다. 둘째가 서너 살쯤 보던 책 몇 가지를 당근마켓에서 팔았는데, 그 책은 어디에 있냐고 묻는다. 앞으로 책 정리는 더욱 신중을 기하기로 다짐한다.

여담이지만, 책장을 살 때 분홍, 초록이 섞인 것보다는 흰색, 나무색 등 무난한 색상을 추천한다. 분홍, 초록 책장은 색이 튀어 어울리게 배치하기가 어렵고, 거실에 두면 눈이 피로하다. 또

/ 육아에 정해진 법칙은 없다 /

한 가지는 가로를 나누는 폭이 일정한 책장이 좋다는 것이다. 가로 3단×세로 5단 책장이 기본이라면, 가로폭을 길게 만든 책장은 보기에 멋스럽지만 책을 빼고 꽂기 어렵다. 간혹 집에 찾아오는 손님은 책이 정말 많다며 묻는다.

"애들이 이 책을 다 읽기는 읽었어요?"

읽은 책도 있고, 읽을 책도 있다. 궁금한 내용이 생겼을 때, 연관된 책을 바로 찾아 주려면 집에 책이 일단 많아야 한다. 아이에게 반드시 전하고자 하는 나의 메시지는 '모르는 게 있으면 책을 찾아보면 되는구나!'이기 때문이다.

첫째는 최근 좋아하는 작가가 생겼다. 인기 있는 시리즈물의 첫 번째 책은 거의 대출 중인데, 어느 주말 도서관 책꽂이에 덩그러니 꽂혀있는 『전천당』 1권이 눈에 띄었다. 집에 빌려오니 단숨에 읽고는 다음 책을 빨리 구해달라고 한다. 대전 시내 모든 도서관의 『전천당』은 대출 중이어서 중고 카페를 통해 세트를 급히 구했다. 주문한 7권의 책을 2~3일간 다 읽고는 『전천당』을 쓴 '히로시마 레이코' 같은 작가가 되고 싶단다. 『마석관』, 『십년가게』, 『유령고양이 후쿠코』 등 히로시마 레이코의 책은 신간이 나올 때마다 구해 읽는다. 간혹 편향된 독서를 하는 게 아닐까 하는 우려가 들지만, 책이라는 게 읽고 싶지 않은 장르는 여간 읽히지 않는다는 점을 알기에 흥미 위주의 책을 끊이지 않게

읽도록 하고 있다.

1년 전 이사한 지금 사는 집은 무려 도서관에 걸어서 갈 수 있다. 주로 주말에 도서관을 방문하는데, 간혹 가지 못할 때는 평일 점심시간을 활용한다. 사실 구내식당에서 점심을 먹고 밖으로 나가는 게 여간 귀찮은 게 아니다. 하루 이틀 미루다 'OO도서관, 조선희님의 도서가 연체되었습니다'라는 문자를 받고서야 다음 대여자에게 미안해 얼른 반납하러 가곤 한다. 당근마켓에 눈여겨보던 중고서적이 올라오는 날, 여건이 되면 조퇴나 외출을 내고 구하러 가기도 한다.

나는 딱 중학교 반배치고사까지 공부를 잘했다. 중학교 1학년 입학 당시, 500여 명 가운데 15등, 반에서 2등을 했다. 부모님은 집안에 인물이 나오는 줄 아셨단다. 의대는 마음만 먹으면 갈 수 있을 줄 알았다. 딱 중학교 반배치고사(초등학교 6학년 공부)까지가 나의 공부 전성기였다. 중학교 1학년 첫 중간고사 성적이 반배치고사에 비해 급격히 떨어지자, 조선희가 반배치고사를 커닝했다는 소문이 돌았다. 기가 센 아이가 퍼뜨린 소문이라 맞서지도 못하고 벙어리 냉가슴 앓듯 속만 끓였다. 수학의 정석 문장은 읽기 싫을 만큼 딱딱했고, 윤리 과목에 철학 관련 내용은 난독증을 의심할 만큼 읽히지 않았다. 수능 언어영역은 읽어도 읽어도 무슨 말인지 이해가 가지 않았다. 국어를 영 못해서 이과에 갔지만, 그렇다고 수학을 잘하지도 못했다. 영어를 좋아했지만, 국어 실력이 부족하니 일정 점수 이상을 넘기지 못했다.

20대에 독서를 시작하며 깨달았다. 내가 공부를 못했던 것은 책을 읽지 않았기 때문이라는 걸. 가을동화, 일일드라마 재방송, 삼방송을 보며 웃고 울었지, 책보며 느끼는 재미와 슬픔의 깊이가 더욱 깊다는 걸 그땐 몰랐다. 소설책을 통해 수많은 등장인물을 만나고 공감능력을 키웠다면, 성장하며 마주하는 고민, 갈등, 선택의 기로에 섰을 때 좀 더 수월했을 텐데 말이다. 소설책은 전반부가 지나야 흥미진진해지는데, 50쪽은 넘겨야 재밌어지는데, 늘 그 전반부를 넘겨 읽지 못했고 책은 재미없는 것이라 여겼다. TV를 하도 보니 다방면의 인스턴트 지식 또한 많이 알게 되었기에 책의 필요성을 더욱 느끼지 못했다. 예를 들어, 의학 드라마에 열중할 때면 어려운 의학용어를 읊고, 다큐멘터리 시청 중 늘은 전문 용어도 속뜻을 알지 못하면서 마치 잘 아는 듯 아는 체를 했다. 그런 나에게 친구들은 상식이 많다고 한때 '조상식'이라는 별명을 붙여주기도 했는데 지금 생각하면 참 부끄럽다. 그러다 고등학교 때는 어떻게 살아야 하는가에 대해 심히 고민했다. 아무리 다이어리에 마음을 적고, 친구와 대화를 나눠도 해소되지 않았다. 그때 적당한 철학서적 한 권, 만화로 된 철학서 한 권만 만났더라면 고민의 해답을 찾기 수월했을 터다. 내

127

/ 육아에 정해진 법칙은 없다 /

가 더욱 아이들의 책 읽기에 매진하는 이유이다.

　요즘 둘째 잠자리 책은 남편이 주로 읽어준다. 첫째는 침대에 엎드려 책을 읽고 그 가운데 나도 잠깐 몇 줄 읽어볼까 조용히 앉으면, 마지막 책은 엄마가 읽어달라며 둘째가 무릎에 앉는다. 둘째의 읽기 독립을 고대한다. 그 언젠가, 아이는 아이 책을 보고 나는 내 책을 보는 꿈 같은 때가 오기를 간절히 바라본다.

샐러드 드레싱 만드는 첫째,
수건 개는 둘째

"요리교실 안 보내?"

"블록 방 보내봐. 보드게임만 알려주는 데도 있어."

아이를 낳고 새삼 놀랐다. 그간 모르고 살았던 세계가 이렇게 크다니. 맘 카페 커뮤니티, 성장앨범 사진관, 조리원, 산후관리실, 각종 육아용품 시장…. 영아기를 벗어나자 이번엔 사교육 시장이 광야처럼 펼쳐졌다. 나 혼자만 모르는 게 아닐까 불안했고 우리 애만 뒤처질까 봐 조마조마했다. 내가 한번 끼고 해보자 생각하며 찾아본 엄마표 학습은 높은 산처럼 느껴졌다. 다른 엄마들은 어쩜 그리 부지런한지….

'저 엄마는 우울한 날도 없나 봐. 어떻게 매일 같은 마음일까?'

사진 찍어서 블로그에 다 올리는 정성은 정말이지 우러러 보

/ 육아에 정해진 법칙은 없다 /

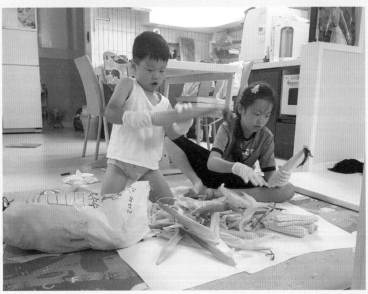

였다. 모범사례를 보고 있자면 긍정적 자극보다는 상대적 박탈감, 자괴감 같은 어두운 기분이 엄습해왔다. 우리 집 형편에 맞게 생활 속에서 할 수 있는 걸 찾아보자고 생각했다.

"엄마 밥할 때까지 거실 가 있어."

가뜩이나 좁은 부엌에 자꾸 아이들이 온다. 밥을 하기 위해 확보해야 하는 동선에 엎드려 있거나 음식 준비하는 엄마 엉덩이에 얼굴을 파묻는다. 출퇴근만으로 체력은 이미 소진되었는데, 아이들이 잡고 늘어지니 기운이 쑥 빠진다. 얼른 밥해 먹고 치우고 씻고 자야 하는데 마음이 조급해진다. 불안하고 지치니 아이들에게 목소리를 한껏 높여 소리 지른다.

"야! 거실로 가라고 했지!"

어떤 날은 스스로 놀랄 정도로 악을 쓰며 지른다. 처음이 어렵지, 소리를 지르기 시작하니 습관적으로 별일 아닐 때도 소리 지르는 나를 발견했다. 밖에서 못 지르는 소리를 애들한테 지르며 나도 모르게 스트레스를 풀고 있었다. 결혼 전 그토록 한심하게 바라봤던 여느 엄마의 모습, 내가 딱 그랬다. 우아한 엄마가 될 줄 알았다. 언제나 미소지으며 아이들을 바라보는 너그러운 엄마, 집에서도 예쁜 옷만 입는 엄마, 아방가르드풍 앞치마를 걸치고 빵을 굽는 엄마가 될 줄 알았다. 목 늘어난 티셔츠에 수면바지 입고 고래고래 성질내며 맨날 회식인 남편에 화가 나 씩씩거

131

/ 육아에 정해진 법칙은 없다 /

리며 집안일을 할 줄 누가 알았겠는가. '즐겁게 식사 준비하는 방법은 정말 없을까?' 생각하다가 한 가지 꾀를 부렸다.

"샐러드 만드는 거 도와줄 사람!"

"야채 탈수기 돌릴 사람!"

"달걀 물 풀어줄 사람!"

"식탁 행주로 닦아줄 사람!"

별것 아닌데도 애들은 신이 난다. 샐러드에 넣을 치즈를 찢거나 소스를 뿌리거나 양상추나 상추의 물기 빼는 일, 달걀 물을 돌돌 돌려 섞는 일 등 10살 이후부터 딸은 한층 어려운 미션을 원했다.

"들깨 드레싱 만들어줘."

들깨 2, 식초 1, 올리고당 1을 숟가락에 물을 적당히 섞어 드레싱을 만든다. 평범한 식사에 아이들 손이 보태지니 의미 있는 시간이 된다. 밥하는 나에게 놀아달라거나 잡고 늘어지지 않으니 짜증 내는 일도 적다. 아이들은 식사준비에 도움이 됐다는 점에 자부심을 느끼고, 자기가 만든 음식이라며 샐러드를 우적우적 더 잘 먹는다.

둘째의 특기는 수건 개기다. 수건만 보면 공을 만난 강아지처럼 흥분한다. 자기 키보다 큰 목욕수건을 갤 때면 얼마나 신중을 기하는지 모른다. 널따란 목욕수건을 이불 펴듯 양팔로 공중에

띄운 뒤 바닥에 펼쳐 놓고 수건 한쪽을 잡고 일어나 몇 걸음 가서 다른 한쪽 끝에 맞춘다. 온몸으로 수건을 접는 모습에 미소가 지어진다. 조그만 손으로 세안용 수건을 반으로 접고, 또 반으로 접어 돌돌 말아 쌓아놓는 6살배기다. 화장실 선반에 넣는 것도 해보겠다길래 말리지 않았더니, 의자를 놓고 올라가 수건을 정리하다가 그만 포개놓은 수건이 왕창 변기에 빠져버렸다. 오은영 박사로 빙의하며 차분히 말하려 노력해본다.

"괜찮아. 우리 다음엔 꼭 변기 뚜껑 닫고 수건 정리하자."

첫째 아이 초등학교 저학년 돌봄교실에서 무료로 제공하는 방과 후 수업에 '보드게임 선생님'이 오셨다. 우리 어릴 적엔 부루마블뿐이었는데 종류가 무궁무진하다. 각종 보드게임을 학교에서 해보고는 집에 와 내 스마트폰 쇼핑앱에서 찾아 장바구니에 담아 놓는 첫째. 셈하기에 도움이 되는 보드게임, 네 식구가 같이 하기 적당한 보드게임 등 하나하나 주문하다 보니 집에 있는 보드게임이 10개 남짓이다. 코로나로 외출이 어려운 때, 주말을 거의 집에서 보낼 때면 영화-보드게임-요리(쿠키 만들기)-영화-보드게임을 돌아가며 시간을 보낸다. 그런데 사실 나는 보드게임이 재미없다. 애써 집중해야 한 게임을 겨우 끝낸다. 반면, 남편은 보드게임에 푹 빠져서 애들보다 더 즐겁게 임한다. 어릴 적 외할머니댁에 가면 사촌오빠들이 부루마블을 가져와 같이 하자고 했는데 나는 통 재미를 느끼지 못했다. 호텔을 왜 지으며, 지나갈 때는 왜 돈을 내야 하는지도 모르겠고, 우주선을 타고 우주에 가고 싶지도 않았다. 그런데 부동산에 관심이 많아진 지금 갑자기 호텔을 짓고 건물을 짓는 부루마블이 하고 싶어졌다. 바로 부루마블을 검색했다. 물론 품질은 더욱 개선되었겠지만, 게임 방식, 게임판 색깔 등 30년 전과 다르지 않은 모습에 놀랐다(참고로 부루마블은 1982년, 미국 보드게임을 모방해 만들어졌다고 한다). 30년도 더 된 보드게임이 지금도 남아있다는 점, 여전히 인기가 많다는 데 감탄하며 가족용으로 주문했다. 4학년이 된 첫째는 게임 규칙을 금방 이해했다. 한번 앉으면 2시간은 우스웠다. 부루마블은 다른 보드게임보다 재미있지만, 여전히 나 혼자 주방 식탁에 앉아 커피 마시며 책 읽은 주말 오전 시간, 실내 자전거 타며 책 읽는 10~20분이 제일 좋다.

요리교실, 보드게임학원 얘기에 한때 우울했다. 그런 사교육까지 시킬 경제적 여유가 없는데, 넘쳐나는 정보에 휘둘리는 기분이었다. 집에서 할 수 있으면서 동시에 엄마 일을 덜 수 있는, 생활 속 좋은 습관이 될 수 있는 여러 집안일, 온 식구가 다 같이 할 수 있는 보드게임만으로도 충분하다는 생각이 든다.

그래서,
뭐가 됐으면
좋겠는데?

대학교 3학년 무렵부터 본격적으로 취업 걱정을 시작했던 것 같다. 월급생활자 이외의 길은 생각지 않았고 오로지 어느 회사에 들어갈까에만 초점을 맞추었다. 안정된 직장, 남들 일할 때 일하고 쉴 때 쉬는 일자리, 적당히 명예롭고, 적당히 벌고, 적당히 인지도 있는 직장을 원했다. 부모가 되고 보니 자녀가 원하는 일을 하길 바란다고 하지만 부모는 무의식적 기준을 정하고 만다. 대기업, 공무원, 교사, 공기업 등. 4년제 대학교를 졸업한 아이가 갑자기 포장마차를 해보겠다고 하면 기꺼이 찬성할 수 있을까? 전공은 공학인데 난데없이 동대문 옷가게를 해보고 싶다면 흔쾌히 동의할 수 있을까? 닥쳐봐야 알겠지만, 쉽지 않을 것 같다. 우리 아이는 조직 생활보다는 프리랜서가 어울

/ 완벽하진 않지만 괜찮은 엄마가 되고 싶어 /

리는데, 월급생활자가 되기를 강요하고 싶지는 않다.

대전에는 동물원이 있다. 대전 시민은 물론, 인근 도시에서도 많은 인원이 방문한다. 둘째를 임신하고 입덧이 하도 심해 주말엔 거의 집에서 누워지내던 때, 남편은 연간이용권을 끊어 당시 4살이던 첫째를 데리고 주말마다 동물원에 갔다. 첫째는 다녀오면 꼭 뮤지컬 배우 흉내를 내며 노래와 율동을 따라 했다. 동물원 야외무대는 시즌별 공연을 하는데 프로급 배우도 있지만, 아마추어 배우가 대부분이다. 무용수는 무용을 전공했을 테고, 가수는 보컬트레이닝을 받거나 성악을 전공했을 것이다. 예체능은 공부보다 돈이 많이 든다. 빠듯한 형편임에도 아이 꿈을 지원하기 위해 열렬히 투자했고, 그 결과가 동물원 뮤지컬 배우라면 부모는 온전히 아이를 인정할 수 있을까? 예체능으로 진로를 정하고 원대한 꿈을 품고 투자에 비례하는 결과가 당연히 나올 줄 알았는데 동물원 뮤지컬 배우가 목표는 아니었을 텐데 말이다(동물원 뮤지컬 배우를 비하하는 것은 절대 아니다). 운동선수가 프로구단에 들어가기란 하늘에 별 따기와 같고, 국가대표로 선발되는 건 올림픽 나가서 금메달 따기만큼 어렵다고 한다. 내 기대치에 못 미치는 자녀, 부모가 그어놓은 기준에 못 미치는 자녀, 투자에 비해 성과가 나오지 않는 자녀를 부모는 어떻게 바라봐야 할까. 자녀가 안타까워 속상하기도 하지만, 솔직히 주변인들의 시선이 신경 쓰인다.

"아들은 뭐해?"

"딸내미는 어디 다녀?"

"우리 아들 이번에 성과급 받았잖아. 천만 원이 넘더라고."

"우리 딸내미 임용고시 합격했어."

만나기만 하면 온 사방 자식 얘기인데 감정 휘둘림 없이 대화를 이어갈 수 있을지 자신이 없다. 우리 아이들은 이제 11살, 7살이다. 이 꼬맹이들이 커서 직업을 고민하는 먼 미래는 짐작조차 되지 않는다. 사랑스러운 아이들이 엉뚱한 일을 하고 싶어 한다면, 부모 기대와 다른 선택지를 제안한다면, 나는 의연히 아이의 선택을 존중해 줄 수 있을까? 부모가 재단해놓은 틀에 아이를 짜 맞추려 고집부리거나, 아이는 네모인데 동그라미에 맞추라고 꾸짖거나, 프리랜서가 제격인 아이에게 조직 생활만이 '선(善)'이라며 강요하거나, 그게 너를 위한 일이라며 큰소리치지 않을까? 대학교 학비 들인 게 아까워 본전 생각에 반드시 대학교 전공을 이어가라고 압박하지 않을 수 있을지 모르겠다. 불안정한 여러 직업과 과정을 거치며 스스로 성장할 기회를 부모와 타인의 기대에 부응하는 안정적인 직장이라는 기회비용과 맞바꾸도록 종용하지 말자고, 우리 부모세대와 똑같은 시행착오를 겪지 말자고 다짐해본다.

어떤 삶을 살든
나는 너를
응원할 것이다

　　나는 공무원 공부를 약 1년 3개월간 했다. 최단 기간 합격을 목표로 매일매일 스톱워치로 시간을 재가며 시험 준비를 했다. 목표로 했던 국가직 7급 시험, 영어 과목에서 과락이 났다. 영어는 자신 있었는데 과락이라니(과락은 40점 미만을 의미한다. 아무리 전체 평균점수가 높아도 과락이 있으면 불합격 처리된다). 시험 당일 저녁, 발표된 가답안으로 채점하고 얼마나 울었는지 모른다. 울고 또 울고 집에서 걸려오는 전화도 받지 못하고 만 이틀간 패닉 상태였다. 터덜터덜 노량진 일대를 걷다가 고시원에 들어가 허리가 아플 때까지 잤다. 자다가 배가 고파 자정쯤 나와 밥을 먹고 다시 들어가 울다가 잠이 들었다. 딸에게 무슨 일이 생겼다고 판단한 부모님이 나와 연락이 닿을 때까지 안절

부절못하셨다. 시험 다음 날 저녁에야 전화 받을 정신이 생겼다.

"엄마, 나 과락 났어. 1년 더 공부해야 돼."

엄마는 아무 일 없으면 됐다며, 얼른 집으로 내려오라고 하셨다. 고속버스를 타고 고향에 오니 엄마가 하차장에 두 손을 모은 채 기다리고 계셨다. 버스에서 내리는 나를 보자마자 어깨를 감싸 안고 "아무것도 안 해도 돼. 시험 떨어져도 상관없어. 살아 있기만 하면 돼. 알았지? 공부는 다시 하면 되고, 하기 싫으면 안 해도 돼. 알았지?" 집까지 걸어가는 내내 내 손을 꼭 잡고 계속 말씀하셨다.

"너만 있으면 돼. 시험 그런 거 아무것도 아니야."

안도감을 느꼈다. 벼랑 끝에 몰려 어쩔 줄 몰랐는데 엄마가 손을 잡아주니 혼자가 아니라는 생각이 들었다. 엄마도 아빠도 괜찮다고, 하기 싫으면 안 해도 되고 다시 하고 싶으면 하면 되니 이상한 생각은 절대 하지 말라고, 그냥 살아있으면 된다고, 그걸로 됐다고 하셨다. 다시 1년 더 공부할 생각으로 고향 집에서 쉬는 중에 최종답안이 발표되었다. 운이 좋게도 중복 답안이 인정되어, 35점에서 40점이 되며 과락을 면했고 그해 시험에 합격했다. 지금도 엄마의 그 말씀이 고비를 겪을 때마다 귓전에 울린다.

"너만 살아있으면 돼. 다 필요 없어. 별일 아니야. 괜찮아. 알았

/ 완벽하진 않지만 괜찮은 엄마가 되고 싶어 /

지?"

　아무 준비 없이 첫째 아이를 임신하게 되었을 때 정말 두려웠다. 임신 초기, 임신 사실을 인지하기 전 배가 아파 단순 배탈이라 생각하고 온열 찜질을 했다. 착상으로 인한 통증인 줄도 모르고 말이다. 나중에 찾아보니 임신 중 온찜질은 태아에 위험한 행동이었다. 때마침 독도 출장도 있었다. 배를 타고 강릉에서 울릉도로, 울릉도에서 독도로 들어갔다. 독도에 도착해서는 그 가파른 서도(독도는 동도와 서도 2개의 섬으로 이루어져 있다. 서도에는 정상까지 계단이 설치되어 있는데, 캄보디아 앙코르 와트만큼 경사지며 앙코르 와트보다 높은 계단이다. 관광은 불가하며 업무 등 사유가 있을 경우에만 입도가 가능하다)를 기어오르듯 올랐다. 수많은 갈매기 사체들, 아찔하게 가파른 계단, 그렇게 땀을 비 오듯 흘리며 서도를 오르내렸다. 그때 같이 간 직장 상사께서는 10년이 지난 지금도 얘기하신다. 그때 내 얼굴이 하얗게 질렸었다고. 게다가 그해 가족 여름휴가로 군산 선유도를 갔다. 당시엔 차량 입도가 안 되어 자전거만이 섬 안의 유일한 이동수단이었는데, 자전거를 1박 2일 내내 탔다. 임신 중 자전거는 절대 금지사항인데 말이다. 과음도 자주 했다. 혹시 아이에게 영향이 미칠까 봐, 건강하지 않은 아이를 낳게 될까 봐 두렵고 무서워 임신 기간 내내 산부인과 원장님께 여쭀다.

"선생님, 제가 배에 온찜질도 하고, 자전거도 탔어요. 술도 많이 마셨어요. 영향이 없을까요?"

만약 영향받았다면 도태되었을 건데, 건강히 살아있으니 안심하라는 의사 선생님 말씀에도 불안은 가시지 않았다. 아이가 나로 인해 건강하지 않게 태어날까 봐 두려웠다. 막달이 되니 불현듯 이런 생각이 들었다.

'건강히 태어나면 정말 감사하지만, 그렇지 않더라도 괜찮아. 잘 키워서 같이 살면 되지 뭐.'

첫아이는 우려가 무색할 만큼 건강하게 나와 주었다. 장애만 없으면 좋겠다고 생각했다. 제발 건강하게만 와달라고 빌었다. 남들 대학 갈 때 대학 가고, 남들 취직할 때 취직하고, 남들 시집, 장가갈 때 결혼하면 좋겠지만, 우리 엄마가 내게 말씀하셨던 것처럼, 내가 배 속의 아기에게 바랐던 것처럼 그저 건강히 살아있다는 그 자체를 감사히 여길 수 있으면 좋겠다. 본전 생각 안 하고 내 욕심 채우는 진로를 권하지 않고 아이의 선택을 존중해줄 수 있는 그런 부모가 되었으면 좋겠다는 이상적인 생각에 잠겨 있는 즈음, 초등학교 3학년 딸이 곱셈을 도통 모르겠단다. 2학년 때 외웠던 구구단이 생각이 안 난다면서 말이다.

"엄마, 6단부터 생각이 안 나."

그날 저녁부터 6, 7, 8, 9단을 입으로 외고 쓰기를 며칠, 곱셈을 간신히 뗐다. 나눗셈을 시작하니 자기만의 방식으로 수를 나누는 아이, 나눗셈도 어르고 달래 간신히 뗐는데 다시 곱셈을 잊어버렸단다. 이래서 자기 자식은 못 가르친다는 말이 있나 보다. 나는 예외일 줄 알았는데 역시 나도 별수 없다. 그럼에도 불구하고 아이들을 영원히 응원할 수 있게 끊임없이 노력해보련다.

'얘들아! 너희들이 어떤 삶을 살든 응원할게. 응원하도록 노력할게. 고마워. 사랑해.'

6년째 운영 중인
아빠 이발소

　　첫째는 5살에 처음 미용실에 갔다. 태어날 때 워낙 숱이 적었고, 머리카락이 자라는 속도도 더딘 데다 조금 길면 묶으면 되니 굳이 머리 자를 필요가 없었다. 둘째는 태어날 때부터 숱이 많았고 머리가 까맸다. 첫돌 무렵 앞머리가 눈을 가렸는데 너무 아기라 미용실에 갈 엄두를 내지 못하고, 앞머리만 집에서 자른 후 돌사진을 찍었다. 머리는 점점 자랐다. 어린이집에서는 성별 구분 없이 얼마 없는 머릿가닥을 묶어 토끼머리, 사과머리로 묶어주었다. 한번 자르긴 해야겠는데, 미용실에 가면 한바탕 소동이 일어날 테고, 집에서 한번 잘라볼까 싶어서 검색을 하고 영상을 찾아보니 할 수 있을 것 같다. 바리깡이 2만 원대인데, 3번만 깎아도 본전이라는 계산으로 가정용 이발기를 주문했다.

우선 정수리를 중심으로 동그랗게 원을 그린 만큼 머리를 묶고, 묶이지 않은 둘레 머리를 바리깡으로 잘랐다. 검색해본 방법 중 가장 쉬우며 간단한 방식이었다. 결과는 생각보다 괜찮았다.

손재주가 남다르거나 특별한 재주가 없음에도 아기 머리 자르기는 가능했다. 두 번째 이발부터는 남편이 해보겠다고 했다. 군대에 있을 때 부대원들끼리 서로 머리를 깎아준 경험이 있다며 과감히 바리깡을 들었다. 경험이 있다길래 믿고 맡겼다. 조금 짧다 싶었지만 생각이 있는 줄 알았는데 2살 아들 머리를 이부 삭발할 줄이야. 매우 과감한 첫 커트였다. 양쪽 머리가 삐뚤어져 균형을 맞추다 보니 점점 짧아져 그랬단다. 머리 깎으러 화장실에 들어갈 때는 순둥이였는데, 나올 때는 카리스마 있는 형아가 되고 말았다. 바리깡 특유의 소리와 진동 때문에 처음에는 아이가 좀 무서워했는데, 좋아하는 영상으로 관심을 유도하고 한번, 두 번 깎다 보니 금세 적응했다. 5살 무렵부터 유튜브 보는 재미에 빠져 어제 머리를 깎았는데, 오늘 또 깎자며 수시로 머리를 깎자고 한다.

사실 처음 바리깡을 사면서는 좀 궁상맞다는 생각이 들었다. 당시에는 어떻게든 한푼이라도 아껴보려고 부단히 노력하던 때였고, 절약에 스스로 당당하지 않았던 때였다. 절약하며 사는 내 이야기를 어쩌다 꺼내면 직장 동료는 '뭐 그렇게까지…'라는 표

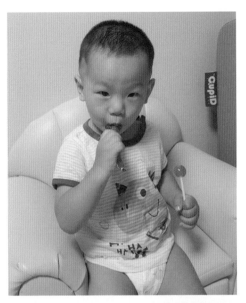

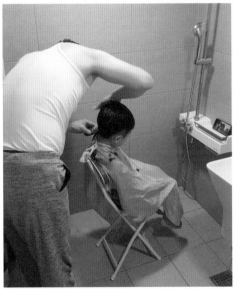

정을 내보였다. 그런 날이면 저녁 한나절 기분이 안 좋았던 것 같다. 그러든지 말든지 나는 다방면으로 돈을 아낄 수 있는 만큼 아껴야 했고 나만의 방식을 만들어야 했다. 첫 번째 이발기는 만 3년간 꼬박 사용하니 수명이 다 되어 두 번째 이발기를 주문해 사용 중이다. 여전히 남편이 한 달에 한 번가량 아들 이발을 하고 있는데, 시간이 흐르는 만큼 이발 실력이 일취월장하는 중이다. 단순히 이발비 절약을 뛰어넘어 아빠와 아들 사이의 유대감, 추억이 쌓이고 있다. 올해 7살인 아들은 이제 어떠한 진동과 소리에도 흔들리지 않으며 꿋꿋이 영상에 집중한다. 작년까지만 해도 이발기가 귀 가까이에 오면 갑자기 고개를 돌리는 바람에 머리 깎다가 빽사리가 나곤 했는데 언제부턴가 고개를 돌리지 않는단다. 머리를 깎아주고 나면 그렇게나 뿌듯한지 남편은 360° 서라운드 뷰로 아이를 삥 둘러본다. 보고 또 보고, 보고 또 보고는 내가 봤을 때는 잘 모르겠는데, 오른쪽 귀 뒤가 삐뚤다거나 구레나룻을 더 깎았어야 한다는 평을 한다. 한번은 어린이집 하원하는 길에 아이 친구 엄마가 묻는다.

"영우는 미용실 어디 가요?"

"영우는 머리 아빠가 깎아줘요."

"정말요? 우리 애도 그 집으로 보내야겠다."

전혀 궁상맞다고 생각하지 않는 눈치이다. 사람 생각은 다양

하니까. 아이가 스스로 미용실에 가고 싶다고 할 때까지는 아빠 이발소에서 머리를 깎아 줄 예정이다. 아마 초등학교 고학년이나 중학교에 들어가면 요즘 유행하는 커트를 한다고 하겠지? 남편은 벌써부터 엄청 서운할 것 같단다. 호기심으로 시작한 아이 머리 깎기가 벌써 6년째 이어지고 있다. 이발비로만 따진다면 1회당 적어도 1만 원, 1.5개월에 1번, 1년이면 8번, 6년이면 48만 원이다. 모아서 큰 부자 될 금액은 분명 아니지만, 48만 원 절약 이상의 가치를 경험하는 중이다. 나중에 커서 아빠가 이발해 주는 어릴 때 사진을 본다면 아이 마음속이 뜨거워지지 않을까? 온 세상이 그냥 다 짜증 나는 사춘기, 그때 그 사진과 영상을 보게 된다면 구겨진 마음이 조금 펴지지 않을까? 아빠를 이해하기 힘든 경우가 혹시 생긴다면, 하얀 런닝에 트렁크 팬티를 입고 열과 성을 다해 자기 머리를 깎아주던 아빠 등짝을 보고 이해하려 노력하지 않을까? 이런저런 바람은 차치하고, 남편은 머리 깎아 주는 그 시간 자체가 행복하단다. 그 행복감이 궁금하다면, 부엌 찬장 어딘가 처박혀 있는 보자기, 저렴한 이발기, 다이소 숱가위와 미용가위로 도전해보길 권한다.

깨끗하지 않아도
괜찮아

"선희야, 네가 전에 그랬잖아. 집이 큰 쓰레기통이라고…. 나 그 말 뭔지 알겠어."

내가 어지간히 말하고 다녔나 보다. 우리 집 더럽다고. 친한 친구도, 회사 동료도 잊을 만하면 한 번씩 얘기한다. 나는 앉았다 일어날 때 머리가 핑 도는 기립성 저혈압 체질이다. 어릴 적부터 그랬다. 그래서 청소하는 게 힘들다. 바닥에 있는 물건을 줍고 일어서기를 몇 번 하면 금세 지치고 만다. 장례식장이나 식당에서 신발 정리할 때 사용하는 긴 집게라도 사볼까 싶다. 컨디션 좋은 날이면 의욕이 앞서 이 방 저 방 오가며 정리를 시작하는데, 얼마 지나지 않아 어지럽다. 더군다나 먼지 알레르기까지 있어서 계절을 지낸 후 옷장 정리할 때면 눈물 콧물 범벅이다(저탄고지로 많은 알레르기가 호전되었지만 먼지는 아직 힘들다). 공기청정기를 세게 틀어두고 옷장 정리를 하면 재채기가 덜 난다고 하기에 청정기 틀고 해봤는데, 알레르기로부터 완전히 자유롭지는 않았다. 차일피일 미루다 계절이 바뀌어 더 이상 아이들 입힐 옷을 찾기가 어려우면 그제야 어물쩍 어물쩍 옷장 정리를 한다. 보다 못한 남편이 아들 옷은 도맡아 정리한다. 내 옷장 정리도 버거운 내게, 내 앞가림도 버거운 내게 고비고비 만사가 숙제다.

물건은 왜 이리 자꾸 늘어날까? 결혼 후부터 지금까지 쭉 물건의 양과 종류가 늘어나는 중이다. 소유욕이 없는 편인데도 그렇다. 다이소에서 천 원짜리 하나 살 때도 신중을 기하는데 집구석에 뭐가 이리 많이 쌓이는 건지 모르겠다. 하나하나에 자기 자리가 있다면 얼마나 좋을까. 그 언젠가 나 혼자 살 적에는 물건마다 자기 자리가 있었는데, 언제부턴가 제자리가 없다. 정리라고 하면 물건을 제자리에 두는 것일 텐데, 갈 데 잃은 물건을 한데 모아 서랍장 위에 두었다가 고스란히 화장대 위로 옮기는 것이 지금 내가 할 수 있는 정리다. 층간소음 예방을 위해 거실에 매트를 깔고 나니 집은 더욱 좁고 어수선해 보인다.

"발 조심해!"

"발바닥에 구멍 날 뻔했잖아."

분명 한쪽으로 잘 치워둔 레고 쪼가리는 어느샌가 또 방바닥에 흩어져 있다. 애들도 몇 번 밟아보고 아팠는지 까치발로 살금살금 다닌다. 따사로운 햇살이 하얀 린넨 커튼 사이로 비치고, 큼직한 도기 화분에 심긴 초록의 고무나무, 보기만 해도 편안한 리클라이너 소파, 미술작품 같은 TV만 딱 놓여진 그런 널찍하고 깨끗한 거실이 갖고 싶다. 온라인 집들이에 올라온 리모델링을 막 마친 예쁜 집처럼, 행복한 우리 집 잡지를 펼치면 나오는 집처럼 우리 집 거실도 그랬으면 좋겠지만 현실은 정반대다. 층간 소음을 피해 1층으로 이사하니 햇빛이 통 들지 않는다. 비라도 오는 날이면 아침이 이미 저녁 같다. 이런 날 아이들과 나는 아침에 더욱 못 일어난다. 빛이 잘 들지 않아 어슴푸레한 채도, 벽을 둘러싼 책꽂이(에 꽂힌 책의 책등은 들쑥날쑥, 살포시 내려앉은 먼지), 거실의 서재화를 꿈꾸며 놓은 거실 책상(위에는 갈 곳 잃은 잡동사니 한가득), 한쪽은 아들이 놀다 만 레고 한 바닥, 또 다른 한 켠은 틈만 나면 딸이 치대는 슬라임 자국, 또 다른 한쪽엔 건조기에서 꺼내놓은 빨래산, 큼지막한 고무나무 하나 들여놓고 싶은데 안전 문제로 거실에 화분을 둘 수가 없고, 몇 안 되는 베란다 식물 화분은 삐들삐들 말라 죽었다. 애 둘 키우는 맞벌이 가정의 일반적인 모습 아닐까? 간혹 이런 분을 본 적이 있다.

"나는 아침 잠이 없어요. 아침에 일어나서 싹 정리하지. 지저분한 거 못 보겠더라고."

/ 완벽하진 않지만 괜찮은 엄마가 되고 싶어 /

나는 왜 아침 잠이 많을까, 나는 왜 게으를까, 애들이 감기라도 걸리면 집에 먼지가 많아 그런 것 같고, 먼지를 제때 청소하지 않은 나 때문인 것 같았다. 나는 청소도 못 하고, 습도조절도 못 하고, 도대체 뭘 잘하는 엄마인가…. 언젠가는 처음 보는 벌레가 날아다녔다. 참깨만 한 크기의 검은색 벌레인데, 검색해보니 '권연벌레'인 것 같았다. 곡식류, 과자 등에서 생기는 벌레로 해를 끼치지 않지만 볼 때마다 닭살이 돋았다. 한때 무분별하게 채워두었던 간식 창고에서 생긴 모양이다. 간식 창고에 있던 오래된 시리얼, 언제 사 둔지 모르는 센베이 등 싹 끌어내 정리했다. 그럼에도 권연벌레의 근원지가 어디인지 확실히 밝혀내지는 못했지만, 간식 창고 정리 후 벌레는 눈에 띄게 줄었다.

이 벌레를 본 이후로 우리 집이 큰 쓰레기통임을 알게 됐다. 내가 원망스러웠다. 부지런하든지 체력이 좋든지, 잠도 많은 데다 저질 체력인 내가 싫었다. 크리스마스 트리를 여름에 치우는 내가 싫고, 계절 바뀔 때 맞춰 옷장 정리를 못 하는 내가 짜증 났다. 초겨울부터 습도는 진작 낮아졌는데, 겨울이 다 끝날 무렵 가습기를 주섬주섬 찾고 있는 내가 싫고, 그 가습기를 장마 때까지 안 치우는 내가 지겨웠다. 그런데 거기까지가 최선인 걸 어떡하겠는가. 잘 못 하겠는데 어떡하냐는 말이다. 체력이 달려 깨끗하게 못 치우는데 어떡할 것인가. 부모님 도움 없이 부부 오롯이 아이 둘을 키운다는 것 자체가 기적이라고 생각한다. 설사 부모님의 도움을 받는다 하더라도 아이를 낳고 품어 키우는 자체로 훌륭하다.

　좀 못 치우면, 먼지 좀 굴러다니면 어떤가. 침대 아래 뭉친 먼지를 솜이라고 갖고 노는 둘째 모습에 기겁을 하기도 했지만, 깨끗하지 않은 집에서 키운다고 심각한 문제가 생기지는 않았다. 물건을 덜 사려는 노력도 해보고, 필요 없는 물건을 버리는 노력도 해보고, 정전기 청소포로 힘 안 들이는 청소법도 시도했지만, 아이가 어렸을 때 특히 아이가 영유아기 때 깨끗한 집 만들기란 불가능에 가깝다. 일단 내려놓자. 깨끗하고 예쁜 집은 내려놓고, 안전상 위생상 문제가 되지 않을 정도만, 그 정도만 하면 됐다.

아이를 충분히
재워야 하는 이유

둘째는 유난히 잠이 많았다. 태어났을 때부터 그랬다. 조리원에 있는 일주일 동안에도 젖 먹을 때 잠깐 빼고는 거의 종일 잠을 잤다. 첫째는 워낙 예민해 두 돌이 지나고 밤에 깨지 않고 통잠을 자는데, 둘째는 백일 무렵부터 밤새 깨지 않고 잠을 잤다. 낮에도 젖 먹는 잠시 빼고는 수시로 잠을 잤다. 혹시 어디 아픈가 싶어 체온계로 온도를 재보면 정상이었다. 주말 나들이를 가면 목적지에 오후가 되어 도착하는 때가 많은데 이동하는 중 둘째는 여지없이 잠이 들었다. 근교 나들이로 점심을 먹고 출발해 목적지를 둘러보고 저녁 전에 돌아올 때면 둘째는 이동하는 중 잠이 들었고 목적지에서 다시 집으로 돌아와 아파트 주차장에 주차를 하면 그때 잠에서 깼다. 출발한 후 바로 잠들었

/ 육아에 정해진 법칙은 없다 /

는데 깨보니 아까 출발했던 주차장이라니, 둘째는 1살 때부터 5살 무렵까지 거의 주말 오후를 차에서 잠을 자며 보냈다. 제주도에 가서도 중요 목적지에서 잠이 들었고, 유일한 해외여행인 괌에 가서도 투어 내내 잠이 들었다. 잠이 조금이라도 부족한 평일에는 어떤 식으로든 잠투정이 나타났다.

어린이집은 직장에서 가까운데 집과의 거리는 약 2km로 차를 타고 하원한다. 차에 타면 노곤함이 몰려와서 그런지, 낮 동안 어린이집에서 표출하지 못한 무언가가 올라오는지 갑자기 아이가 난폭해지곤 했다. 자기가 하는 말을 잘못 알아들었다거나 뭘 말하려고 하는데 내가 먼저 말하거나 간판을 읽으려고 하는데 뭐냐고 묻는 줄 알고 대답을 했다가는 아주 난리 혼꾸멍이 난다. 4살 무렵에는 퇴근 후 어린이집에서 아이 데리고 집에 도착해 주차를 하는 도중 갑자기 아이스크림을 사달라며 떼를 쓰기 시작했다. 평일에 슈퍼마켓에 다녀오면 저녁 시간이 하염없이 늦어지고 한번 안 된다고 한 것은 안 해줘야 한다고 육아서에서 봤기에 오늘은 안 된다고 말했다. 그 말에 흥분하고 눈이 뒤집힌 아이는 슈퍼 방향으로 달리기 시작했다. 가장 가까운 슈퍼도 100m 이상 떨어져 있는 데다 주차장을 가로지른 후 4차선 도로를 건너야 한다. 퇴근 시간이라 주차장에 오가는 차가 많았고 사람도 많았다. 아이를 잡으려 따라 뛰는데 이 쪼그만 녀석이

/ 완벽하진 않지만 괜찮은 엄마가 되고 싶어 /

어찌나 빠른지 간신히 잡았다. 잡자마자 손을 뿌리치고 또 뛴다. 다시 달려가 잡는다. 번쩍 들어 안아 올렸다. 악을 쓰고 소리 지르며 힘으로 내 품을 벗어나 또 뛴다. 다시 쫓아가서 안았다. 뒤에서 안았어야 하는데 마주 보고 안아 들어 올리니 내 목을 할퀴고 또 내 품을 벗어났다. 힘이 어찌나 센지 힘껏 끌어안아도 벗어나려는 아이를 이길 수가 없다. 뛰다가 운동화가 벗겨졌고 한쪽 운동화가 벗겨진 채로 또 뛴다. 차가 아이 앞으로 슥 지나간다. 하마터면 치일 뻔했다. 또 쫓아가서 잡았다. 지나가던 사람들이 일제히 우리 쪽으로 시선을 두는 게 느껴졌다. 베란다에서 내다보는 주민이 몇몇 보였다. 아이가 신발이 벗겨진 채로 엄마한테서 도망을 가고 엄마 싫다며 고래고래 소리를 지르니 아동학대로 의심할 수도 있는 상황이었다. 당혹스럽고 창피함도 잠시, 아이가 차에 치일까 봐 겁이 났다. 눈물도 났다. 이러다 큰일 날 것 같다. 다시 달려가 아이를 있는 힘을 다해 붙잡고 회식 간 남편에게 전화를 했다.

"지금 큰일 났어. 얘 오늘 이상해. 나 영우 놓칠 것 같아. 빨리 와줘."

남편 회식 장소는 마침 멀지 않았고, 구세주 같은 남편이 곧 도착했다. 아이와의 약 30분간 실랑이 후 내 머리는 산발이 되었고 목걸이 줄이 끊어지고 귀걸이 한쪽을 잃어버렸다. 목은 아이

손톱에 긁혀 온통 벌겠다. 집에 들어와 펑펑 울었다. 이 아이를 잘 키울 수 있을까 걱정이 됐다.

'나름 잘 한다고 하는데, 뭐가 문제일까, 아이를 잘못 키우고 있나, 어디서부터 잘못된 걸까?'

남편과 마주 앉아 진지하게 대화를 나눴다. 남편은 생전 처음 육아서를 주문했고 빠르게 읽은 후 둘째는 오로지 잠 부족밖에 원인이 없는 것 같다고 했다. 모든 문제의 원인을 잠 부족으로만 해석하는 남편이 그때는 답답했다. 정서적 허기라든지 어린이집에서 문제가 있어 그럴 수도 있는데 무조건 잠 부족이 원인이라고 단정 지으니 말이다. 부단히 다른 원인을 찾아 헤맸지만 지금 와서 보니 잠 부족이 맞았다. 둘째가 떼쓰는 패턴을 파악해보니 전날 잠이 부족했거나 아침에 일찍 일어난 날 유독 떼를 많이 썼다. 쳇바퀴 돌 듯 일정한 생활을 한 날에는 괜찮고, 이벤트 다음 날이나 잠이 평소보다 20분만 부족해도 바로 표시가 났다. 토요일 잠이 부족했다면 일요일에 많이 자더라도 그다음 주 평일에 이상징후가 나타났다.

며칠 전 첫째 10번째 생일을 맞아 아쿠아리움에 갔다. 늘 그렇듯 점심 먹고 도착하니 2~3시경이다. 이때쯤 아이들은 노곤할 때다. 아니나 다를까, 마술쇼 보는 도중 잠투정하는 아이가 여럿 보였다. 마술쇼 보다가 뛰쳐나가려는 아이 양팔을 꽉 붙들고는

"너 오늘따라 왜 그래?"라고 아이 엄마가 묻는다. 예전의 나를 보는 것 같았다. '졸려서 그래요. 얘 지금 엄청 졸려'라고 말해주고 싶지만 꾹 참는다. 마트, 동물원, 공원, 수목원 오후 3시경 여기저기서 보이는 광경이다. 아이가 드러눕거나 울거나 찡찡대거나 소리를 지르는 익숙한 장면이다.

오후 3시 우리 아이들은 졸리다. 거의 다 졸린 것 같다. 진작에 알았더라면 목적지 도착했다고 애 깨우느라 기운 덜 뺐을 텐데, 어차피 일어나지도 못하고 일어나더라도 멀쩡한 정신은 얼마 못 가고 짜증만 내는데 멀리 온 게 아까워 뭐 하나라도 보여주려 얼마나 많은 에너지를 쏟았는지 모른다. 잘못 키우고 있는 건 아닐까 자책하고 원인을 찾느라 전전긍긍 안 했을 텐데…. 잠이 쏟아지는 3시경에는 문구점 같은 데 안 갔을 텐데, 어쩌다 한번 문구점 가면 꼭 잠 쏟아지는 3시경이었고, 가게에서 제일 큰 보드게임을 사달라고 조르는 통에 온 식구가 난감하길 여러 번이었다. 그러고 보니 나도 어릴 때 그랬다. 마른 체격에 감기와 배탈이 잦았던 나는 엄마 아빠한테 정말 많이 혼났다. 시도 때도 없이 칭얼댄다는 게 이유인데, 아이 키우다 보니 내가 그렇게 칭얼댄 이유는 약한 체력과 부족한 잠 때문이었던 것 같다. 여름휴가로 바닷가에 가면 늘 부모님이 말씀하셨다.

"선희야, 찡얼찡얼하는 거 바다에 버리고 가자. 제발 찡얼찡얼

그만 좀 하자."

올해 7살이 된 둘째의 잠투정은 눈에 띄게 좋아졌다. 여전히 어린이집에서 하원하며 차에 타면 별것 아닌 일에 불호령을 내곤 하지만, 빈도가 적어지고 강도 또한 약해졌다. 잠 부족이 원인인 줄 모를 때에는 나의 양육방식에 문제가 있다고 생각했기 때문에 잠투정할 때마다 죄책감에 시달렸다. 건강상 문제가 분명 없는데 이유 없는 짜증을 부린다면 잠 부족일 가능성이 크다. 나만 아이를 잘 못 키운다는 죄책감과 자괴감은 내려놓고, 우선 아이를 푹 재워보자.

/ 육아에 정해진 법칙은 없다 /

/ PART 4 /

엄마가 지치지 않는 행복한 육아생활

엄마의 늘
미안해하는 마음

첫아이 백일이 갓 지났을 때, 거즈로 입 안을 닦아주다가 깜짝 놀랐다. 앞니가 자라고 있었다. 단단한 잇몸인 줄 알았는데 자세히 보니 하얀 이가 솟아나고 있었다. 보통 생후 6개월 이후에 이가 난다는데 이 나는 속도가 너무 빨랐다. 돌잔치 사회자는 치아가 12개나 난 돌쟁이는 처음 봤다고 한다. 빨리 자란 이는 엄마의 이른 복직 후 본격적으로 썩기 시작했다. 마이쭈로 간신히 달래 어린이집에 보내는 날이 잦았고, 지각을 면하기 위해 각종 간식의 도움을 받았다. 잠자기 전 양치질을 신경 써서 한다지만 아이 컨디션이 영 아니거나 협조가 안 되는 날이면 건너뛰기도 했다. 어느 날, 양치하며 들여다보니 어금니에 언뜻 검은 점이 보이는 것 같은데, 아까 먹은 초코과자 때문인가 하고 그 부분만 칫솔질을 계속해도 검은 점이 사라지지 않았다. 평일에 시간 내기가 어려워 한 주 두 주 미루다 영유아 치아 무료 검진 마감기한을 코앞에 두고 치과를 찾았다. 토요일 오전에 방문한 치과에서 의사 선생님이 깜짝 놀라며 말했다.

"이가 많이 났네요. 어금니 충치가 보여요. 신경 치료해야 할 수도 있는데. 소아 치과로 가서 치료해 줘야 할 것 같아요."

'헉… 신경치료? 나도 아직 안 해본 신경치료라니.'

얼마나 미안했는지 모른다. 아이가 18개월 무렵이었다. 또래 아이들은 아직 어금니가 나지도 않았는데, 우리 아이는 어금니가 나서 썩기까지 했단다. 어렵사리 소아 치과에 예약 후 4개 어금니 충치 치료를 한꺼번에 몰아서 했다.

"어머님, 아이 이가 너무 약해요. 잘 부서지는 이라 앞으로 관리 잘 해줘야 돼요."

지금 생각하면 너무 어릴 때라 치아가 덜 여물어서 무른 상태가 아니었나 싶다. 기계만 갖다 대도 이가 부서질 정도로 약하다는 말에 여러 생각이 들었다.

'임신 기간 중 먹는 데 신경을 덜 쓴 탓일까, 수유 중 먹거리에 문제가 있었나, 이유식 영양이 부족했나, 아이 이가 썩도록 나는 뭐했나, 좀 덜 썩었을 때 발견했어야 했는데, 썩지 않도록 양치 잘 해줬어야 했는데, 애가 양치하는 거 당연히 싫어하는데 그래

/ 완벽하진 않지만 괜찮은 엄마가 되고 싶어 /

도 억지로 했어야 했는데, 매일 아침 마이쮸를 그렇게 먹였는데 이가 멀쩡하겠냐, 복직 늦게 했다면 마이쮸 덜 먹였겠지, 그럼 안 썩었겠지, 내 탓이다. 내 탓이야.'

18개월 아이에게 충치 치료는 엄청난 공포였다. 치료 중 못 움직이도록 간호사 2명, 나까지 3명의 어른이 팔, 다리, 가슴을 누르며 치료했으니 얼마나 무서웠을까? 아이는 하도 힘주며 울어서 이마에 핏줄이 터지고 온몸은 땀범벅이 되었다. 나는 아이를 못 움직이게 힘껏 누르는 바람에 며칠간 어깨가 뻐근했다. 아이 치아로 인한 스트레스는 이후 점차 감소했으나 걱정 하나가 사라지면 또 다른 걱정이 다가오는 게 육아였다.

첫째가 초등 2학년 무렵 '성조숙증'에 대한 고민을 한창 했다. 늘 앞서 크는 아이였다. 영유아 검진에서 키나 몸무게로 걱정을 해본 적이 없다. 상위 95% 이상의 키와 몸무게를 유지했다. 초등 1학년이 되니 키 130cm, 몸무게 30kg가 넘었다. 옷 사이즈는 150에 신발은 225였다. 엘리베이터에서 만나는 이웃, 아이 친구 엄마는 만날 때마다 아이의 키 비결을 물어왔다. 그리고 별생각 없이 지내던 어느 날, 아이 친구 엄마가 조심히 물었다.

"혜원이는 성조숙증 괜찮죠?"

전혀 생각지 않았는데 집에 와서 두고두고 생각이 났다. 틈만 나면 아이 가슴에 멍울이 생겼는지 확인하고, 수시로 머리 정수리 냄새를 맡았다.

'유기농을 안 먹여서 그런가? 고기에 들어있던 성장촉진제 때문인가? 주말마다 외식하고 평일에도 배달음식 먹여서? 카페 데려가 먹인 케이크 때문인가? 또 나 때문인가?'

감기에 걸려도, 배가 아파도, 이가 잘 썩어도, 키가 작아도, 월등히 빠른 속도로 성장해도, 발달이 또래보다 늦어도, 친구들과 잘 어울리지 못하는 것도… 엄마는 매 순간 나 때문일 수 있다는 생각을 한다. 환경의 변화, 식습관의 변화, 시대의 변화로 인한 것일 수 있는데 나의 무지 때문에 내가 적시에 알아차리지 못해 일을 키웠다는 죄책감에 시달리곤 한다. 부모가 되지 않았더라면 절대 이해 불가한 죄책감이었다. 오롯이 엄마의 책임이 아닐 때도 많은데 끊임없이 자책하게 된다. 아이를 어린이집이나 학교에 보내고 간신히 지각만 면하며 출근해 정신없이 일하다 보면 깜빡 놓치는 게 정말 많다. 가끔은 아이 어린이집 끝나는 시간, 초등학교 1학년 돌봄교실 마치는 시간이 지난 것도 모른 채 업무에 치이기도 하고, 마치는 시간이 지나 허겁지겁 아이를 데리러 가기도 한다.

가정식 어린이집에 보낼 때는 우리 아이가 늘 꼴찌로 하원했다. 초인종 소리 울릴 때마다 아이들은 인터폰 모니터를 바라보며 자기 엄마가 데리러 왔는지 확인한다고 한다. 하원 시간 무렴 숱하게 울리는 초인종 소리, 엄마가 온 줄 알고 좋았다가 친구 엄마라 실망하기를 하루에도 몇 번씩 했을 우리 아이. 기다리고 기다리는 엄마는 왜 맨날 꼴찌로 올까 생각했을 터다. 어린이집에서 혼자 놀고 있던 아이의 작은 등짝이 생각날 때면 울컥한다. 컨디션 안 좋은 날 아침이면 집에서 엄마랑 놀고 싶다는 아이, 펑펑 우는 아이를 품에서 떼어 선생님께 안기고 출근하는 길에는 눈이 자꾸 뜨거워진다.

'이게 뭐야, 지금 뭐하며 사는 거야? 이렇게 사는 게 맞아?'

충치 관리 못 해줘서 미안, 돌 전부터 어린이집 보내 미안, 매일 울며 매달리던 너를 뜯어내듯 떼어내 미안, 바쁜 엄마 아빠 때문에 친구들보다 늘 늦게 집에 데려와서 미안, 방학 때 학교 가기 싫다는데 어르고 달래 학교 보내 미안… 엄마 감정의 7할은 미안함이다. 집에선 아이에게 늘 미안, 사무실에서는 늘 죄송, 야근을 못 하니 낮 동안 동동거리며 일하는데 아무리 챙겨도 쏟아지는 자료의 제출 시간을 맞추기란 하늘의 별 따기다. 온통 "미안, 미안, 죄송, 죄송"을 하루종일 입에 달고 산다. 지금 가는 길이 맞는지 고민된다. 매일매일 고민한다. 몇 안 되는 친한 직원이 회사 메신저로 묻는다.

"선희 씨, 나 너무 우울해요. 제대로 되는 게 하나도 없어. 다 이런가?"

"그럼요. 다 그래요. 다 그러고 살아요. 그런 것 같아. 잘하고 있어요. 버티는 자체가 용한 거지."

참 애 많이 쓰며 살고 있는 나와 그대, 토닥토닥… 함께 힘내 자!

내 아이의
엄마로 충분하다

어쩌다 야근하는 날이면 시도 때도 없이 전화가 걸려온다.

"엄마, 언제 와?"

"먼저 자고 있어. 자고 일어나면 엄마가 뿅 나타날게."

20분 후 다시 전화벨이 울린다.

"엄마, 언제 와?"

한참 만에 잡힌 회식, 며칠 전부터 아이가 묻는다.

"엄마 회식 취소하면 안 돼?"

"안 돼. 엄마 이번엔 꼭 가야 돼."

"제발, 취소해."

12시가 다 되어 집에 갔는데 현관문 열리는 소리에 방에서 아이들이 쪼르르 나온다. 문득 어린 시절 기억 한 토막이 떠오른다. 한 달이면 꼭 한 번씩 싸웠던 엄마, 아빠가 심하게 다툰 날은 모든 게 지옥같이 느껴졌다. 잔뜩 움츠러들어 학교에 갔고, 선생님 말씀은 귀에 들어오지 않았다. 평온해 보이는 친구들이 부러웠다.

'너희 엄마 아빠는 안 싸우나 보다.'

며칠 간의 냉전 끝에 부모님이 화해하는 날이면 그렇게 기쁠 수 없었다. 화해할 때 주로 외식을 했는데 식당 가자는 아빠 말씀에 '이제 끝났구나' 생각하며 한시름 내려놓았던 그때, 어린 시절엔 집이 전부였다.

'맞다. 집이 전부였지, 엄마가 전부였지.'

엄마, 아빠가 심하게 다툰 어느 날, 엄마가 진지하게 얘기하셨다.

"잘 들어. 엄마는 앞으로 아빠랑 같이 못 살아. 너희랑도 같이 못 살아. 엄마가 장사를 하든 뭘 하든 따로 나가 살 거야. 장사가 잘될 수도 있고 안 될 수도 있지만, 엄마는 엄마 나름대로 열심히 살 거야. 너희들도 공부 열심히 하고 잘 살아야 돼. 그래야 엄마 만날 수 있어."

"난 엄마 나가면 죽을 거야. 공부는 무슨 공부야. 난 그냥 죽을 거야."

/ 완벽하진 않지만 괜찮은 엄마가 되고 싶어 /

엄마,아빠와 같이
있을 때 ♡

초등학교 5학년 때였다. 난 정말 죽을 생각이었다. 엄마 없이 살다니. 그날 밤, 잠들면 엄마가 집을 나갈까 봐 잠들지 않고 버텼다. 새벽까지 안 자고 버티는 12살 딸이 얼마나 애처로웠을까. 엄마와 부둥켜안고 한참을 울었다.

"엄마, 가지 마. 제발 가지 마. 내가 공부 잘할게. 그냥 아빠랑 말하지 말고 아빠 상대하지 말고 우리랑 잘 살자. 우리만 보고 살면 안 돼? 제발 부탁이야. 가지 마."

엄마를 붙들고 있는 힘을 다해 놓지 않았다. 부둥켜 울다 그만 잠이 들고 말았다. 다음 날 아침 깜짝 놀라 눈을 떴는데 다행히 엄마는 떠나지 않았다. 중학교에 간 후에도 여전히 부모님은 한두 달에 꼭 한 번씩 크게 다투셨다. 하루는 학교에서 심하게 넘어져 무릎 상처가 깊어 양호실에 가니, 양호선생님은 엄마한테 전화를 해야 한다고 했다.

"집 전화 몇 번이야? 이거 병원 가야 돼. 꿰매야 할 것 같아."

"집 전화요? 집에 연락 안 하면 안 돼요?"

"왜? 엄마 집에 안 계셔?"

"아니요, 엄마는 계신데, 편찮으셔서요."

"어디가 편찮으신데?"

어젯밤, 아빠와 심한 다툼이 있었다고 말할 수 없는데 몇 번이나 어디가 편찮으시냐고 물어보는 양호선생님이 야속했다. 엄마

/ 완벽하진 않지만 괜찮은 엄마가 되고 싶어 /

가 아파서 오래 살지 못할까 봐 무서웠다. 자꾸 몸져눕는 엄마가 어떻게 될까 봐 겁이 났다. 설, 추석 명절에 친척들로부터 용돈을 받으면 나는 그 돈을 꼬박꼬박 잘 모았다. 모아서 내가 사고 싶은 걸 사기도 했고, 엄마가 아프다고 하실 때면 파스를 종류별로 사서 엄마한테 가지고 갔다. 스트레스로 여기저기 아픈 엄마가 무릎도 아프다기에 관절에 좋다는 신상 파스를 5개씩 사서 화장대에 올려놨다. 약국에 가서 광고에 나오는 파스를 2만 원어치 달라고 해서 엄마한테 가져갔다. 맞아, 엄마가 전부였다.

첫째 초등학교 1학년 때, 가방을 정리하다가 학교에서 만든 소원 카드를 발견했다.

'엄마, 아빠가 오래오래 살게 해주세요.'

아이를 앉히고 물었다.

"혜원아, 엄마, 아빠가 오래 같이 못 살까 봐 걱정돼?"

고개를 끄덕이는 아이를 꼭 안아주었다. 아이에게는 집이 전부이고, 엄마가 전부다. 그저 옆에 있어 주고 바라보고 안아주고 아이가 부를 때 한 번이라도 더 눈 맞추는 것, 남편과 덜 다투어 아이가 불안에 떨지 않게 하는 것, 건강한 엄마로 오래오래 같이 사는 것. 아이 교육, 미래 고민도 중요하지만, 우리는 지금 이대로, 내 아이의 엄마로 충분하다.

무분별한 하소연은
마음의 짐을 만든다

"선생님, 지금 바쁘세요? 괜찮으시면, 우리 휴게실
에서 잠깐 만나요."

"내가 이제야 말할 수 있다니까."

"긴히 할 말이 있어."

결혼 후 5년간 꽁꽁 숨겼다. 누구에겐가 말하면 우리 부모님
까지 알아버릴까 봐 겁이 났다. 남편이 딱하고 안돼 감싸주고 싶
었다. 하지만 꽁꽁 숨겨 답답한 가슴에서는 툭하면 눈물이 났다.
어느 날 '차라리 말을 하자. 말하면 풀릴지 몰라' 하는 생각이 들
었다. 남편의 빚 얘기, 시댁에서 받은 대우, 대출상환과 불확실한
가정경제 등 이 사람 저 사람을 붙잡고 참 많이 얘기했다. 조금
친밀한 직원에게, 나처럼 경제 상황이 녹록지 않아 보이면 처지

가 비슷한 것 같아서, 친한 친구이니 내 마음 헤아려줄 것 같아서 긴긴 이야기를 털어놓았다. 한참 알고 지낸 직장 동료, 오랜 친구, 막 친해진 직원에게 내 얘기 한번 들어달라며 짧게는 30분, 길게는 1시간 남짓 이야기를 풀어냈다. 처음엔 속이 좀 시원해지는 느낌이 들었다.

"그냥 시댁에 확 말해버려."

"아니, 그런 중요한 일을 시댁에선 모른다고?"

"남편도 참 그렇다."

대부분의 반응은 이랬다. 구구절절 이야기를 풀어낸 날이면 잠들지 못했다. 낮에 뱉어낸 말을 되뇌느라, 후회하느라 뒤척였다. 상대의 표정과 반응을 떠올리니 유쾌하지 않았다. 그다지 내 삶에 관심 없는데, 모두 자기 코가 석 자로 살기 바쁜데 남의 하소연을 1시간이나 들어줄 만큼 여유 있는 사람이 있을까? 남편은 내 얘기를 잘 들어준다. 처음엔 시댁 이야기조차 언짢아하지 않았다. 한 번, 두 번, 세 번 조심스레 꺼냈던 시댁 이야기의 횟수가 잦아지고 무리한 말까지 보태지니 남편도 한계에 닿았나 보다. 나는 새로운 대화상대를 찾았다. 너댓 살 위 직장 동료와 점심을 먹으며 또 이야기를 시작했다. 내 말을 묵묵히 들은 동료가 얘기한다.

"진짜 힘들었겠네, 고생했어요. 근데 난 이제 힘든 얘기 사람

들한테 잘 안 해요. 처음엔 시원했는데 지나보니 아니더라고. 내 힘든 얘기를 위로 삼더라니깐, 진심으로 들어주는 줄 알았더니 오히려 즐기는 느낌이 든다고 할까?"

정신이 번쩍 났다.

'그래서 이야기보따리 풀어놓은 날이면 잠이 안 왔구나.'

긴 시행착오 끝에야 알게 되었다. 동정을 원하는 게 아니면, 누군가에게 힘든 이야기는 이제 그만하기로 다짐했다. 여전히 이야기를 풀어내고 싶어 입이 근질근질한 날이 있지만, 그런 날이면 이야기 상대를 찾지 않고 일기를 쓰거나 도서관, 서점에 간다. 동정을 원하지 않는다면 누군가 붙잡고 하소연하는 것은 큰 도움이 되지 않는다.

/ 엄마가 지치지 않는 행복한 육아생활 /

엄마가
돈 공부를
해야 하는 이유

스물여섯에 직장생활을 시작했다. 졸업 후 바로 취업한 친구들은 3년 차 직장인인데 출발이 늦었다는 생각에 조바심이 났다. 초년생 직장인 1억 만들기, 월급 재테크, 통장 쪼개기, 분산투자, 달걀을 한 바구니에 담지 말 것 등 재테크 유의사항을 되뇌며 점심시간마다 통장 개설하러, 상품 설명 들으러 은행과 증권사를 방문했다. 수시로 이자가 입금된다는 CMA 통장을 개설하고는 얼마나 뿌듯했는지 모른다. 소비, 투자, 월급, 여윳돈 통장을 각각 관리하며 정기 적금, 펀드 투자에 공을 들여 3년간 5천만 원을 모았다.

결혼 전엔 내 뜻대로 굴러갔다. 예상 밖 지출은 거의 없었고 아끼고자 마음먹은 만큼 차곡차곡 자산이 쌓였다. 그렇게 계속

/ 완벽하진 않지만 괜찮은 엄마가 되고 싶어 /

순탄할 줄 알았다. 결혼 무렵, 시댁의 지원은 당연하다고 생각했다. 30평대 아파트 정도 사주시거나 최소한 1억여 원 전세자금은 지원받을 줄 알았다(10여 년 전만 해도 지금과는 부동산 시세가 달랐다. 훨씬 가격이 낮았다. 지방은 더욱 그랬다). 30평대 아파트 또는 전세자금 지원은 언감생심이고 매달 생활비를 드려야 하는 상황이 닥칠 줄은 꿈에도 몰랐다. 남편의 빚까지 보태져 도통 앞이 보이지 않았다. 그간 공들여 통장 쪼개가며 관리해온 돈은 남편의 빚을 만나 흔적없이 사라졌고 결혼 당시 수중엔 축의금 일부밖에 없었다.

로또만이 살길이라는 생각도 참 많이 했다. 2등은 4~5천만 원인데, 5천만 원만 생겼으면 좋겠다는 허무맹랑한 바람을 품었다. 1등까지는 바라지도 않는 나의 착한 심보를 봐서라도 2등은 언젠가 될 줄 알았다. 그렇다고 복권을 매주 사지도 않으면서, 나에게 이런 시련이 왔으니 언젠가는 로또 당첨이 되든 연금복권 당첨이 될 거라고, 하늘은 나를 버리지 않았다며 스스로를 달랬다.

결혼 4개월 후 출산하며 육아휴직을 했다. 육아휴직 후 유일한 수입원인 남편 월급은 2백만 원이 안 됐다. 남편 학원비, 시댁 용돈, 대출 이자, 관리비, 생활용품, 아이 기저귀, 이유식거리 사기에도 버거운데 신혼살림을 미리 마련하지 못해 살면서 하나

/ 엄마가 지치지 않는 행복한 육아생활 /

하나 갖추다 보니 목돈 나갈 일 또한 잦았다. 아이 옷 정리할 서랍장을 6개월 무이자로 사고 변변치 않은 식탁을 샀을 뿐인데 매번 가성비를 따져가며 저렴한 물건만 샀는데도 매달 카드값은 버거웠다. 출산 15개월 후 복직해 내 월급이 수입에 보태졌지만 30평 아파트는 그림의 떡처럼 느껴졌다. 그럼에도 불구하고 적게 쓰는 것만이 살길이라 생각하고 어떻게든 소비를 줄이려 노력했다. 아껴 쓰고 저축하면 나아질 줄 알았다. 마중물(밑천)이 있었다면 가능했겠지만, 마중물 없이 펌프질만 계속하니 상황은 나아지지 않았다. 1년, 2년, 3년 계속 아껴 쓰는데 살림살이는 도통 나아지질 않았다. 카드를 자르고 예상외 지출을 통제하고 고정 지출을 최소로 줄였음에도 30평 아파트는 여전히 그림의 떡, 상대적 박탈감은 날로 고조됐다. 17평 아파트를 벗어나고 싶어서 결혼 전 친정 부모님 돈을 보태 구매했던 아파트를 구매 금액보다 싼 가격에 팔기로 마음먹었다. 왜 그랬는지 생각나지 않는데, 당시 친정 부모님과 상의 없이 집을 내놨다. 부모님은 자신들과 상의도 없이 집을 내놓았다며 잔뜩 화가 나셨고 생전 처음 겪는 난처한 상황에 설움이 복받쳤다.

"선희 너 집 내놨니?"

부동산 아주머니가 집 보여달라고 나에게 전화를 했는데, 아기 보느라 받지 못하니 계약 때 동행했던 친정 엄마 번호로 전화를 한 모양이었다.

"너, 그런 식으로 하면 안 돼. 어떻게 말 한마디 상의 없이 집을 내놓니? 어차피 줄 생각이었지만, 이런 식으로 하는 건 아니지. 어?"

얼마나 화가 나셨는지 아버지는 전화를 먼저 끊으셨다. 난생처음 느낀 아버지의 냉정함에 눈물이 쏟아졌다. 아버지의 차가움에 속상해하다 곧 현실로 돌아왔다. 예상치 못한 문제에 부딪혔다. 내놓기만 하면 금방 팔릴 줄 알았던 집이 영 팔리지 않았다. 백만 원씩 내리고 또 내려도 집만 보고 가서는 연락이 없었다. 집을 보러 온다는 부동산 소장님 연락을 받으면 어떻게든 깨끗한 집으로 보이려고 기를 쓰고 청소를 했다. 침대 위 이불을 정리하고 책상 위 잡동사니를 한 곳으로 몰고 방 한구석을 차지하는 빨래건조대를 접어서 베란다에 내놨다. 순식간에 후다닥 집 정리를 했다. 그때만큼은 기립성저혈압도 먼지 알레르기도 괜찮았다. 간절히 집을 팔아야 했기에⋯. 그렇게 속사포 청소를 도대체 몇 번을 했는지 모른다. 집을 내놓고 한 달여 지났을까? 우여곡절 끝에 매수자를 만났다. 처음 내놓은 가격보다는 내려서 팔고 근처 23평 아파트 전세를 얻어 이사했다. 첫째 돌 무렵이었다. 평수로는 그전 집과 6평 차이이지만, 비교적 넓게 빠진 23평형은 방이 3개였고 체감으로는 31평 아파트만큼 넓었다. 그토록 그렸던 거실 있는 집, 오래 살고 싶었던 집이었다. 호구처럼 도배도 싹 하고 들어간 데다 깨진 화장실 변기를 안 바꿔준다는 집주인과 협의하여 반씩 부담하기로 하고 5만 원을 들여 변기도 바꿨는데, 전세 만료 전 집주인이 바뀌었다. 전 집주인은 집을 내놓으며, 혹시 매수할 생각이 있냐고 물었다. 아무것도 모르는 철없는 부부는 매매와 전세가의 차이가 4천만 원이었던 그 집을 그렇게 놓쳐버렸다. 집값은 떨어질 건데, 누가 이런 집을 그 돈 주고 사냐며, 평당 8백만 원이 안 되던 집을 흘려보냈다. 제대로 알아보지도 않았고 부동산에 대해 아무것도 모르면서 부동산은 다 거품이고 몇 년 안에 폭락할 거라는 이상한 믿음을 가졌었다. 10년이 채 지나지 않은 지금 그 집은 평당 2천만 원이 되었다. 도배까지 싹 하고 들어간 애착 많은 집에 2년 더 살고 싶었지만, 월세로 전환한다는 새로운 임대인의 사정에 쫓기듯 또 이사를 하게 되었다. 없는 살림에 이사를 다니니 자꾸 돈이 깨졌다. 없는 집에 제사 자주 돌아온다는 말을 하루하루 체감하던 그 무렵, 시아주버님 결혼, 시동생 결혼이 연달아 있었다. 양가 부모님 생신 등 집안 경사 때마다 늘 돈 걱정이 앞섰다.

'이번엔 얼마를 준비해야 하나?'

돈 쓸 일은 왜 자꾸 생기는지 결국 마이너스통장을 개설했고 마이너스통장에 손대는 일이 잦아졌다. 번번이 우울감에 빠졌다. 주말이면 몸져누워 하루종일 잠을 자고 다시 잘해보자며 남편과 술잔을 기울이며 풀었다가 또 며칠 뒤 몸져눕는 상황의 무한 반복이었다. 돈이 없으면 우울해지는 줄 몰랐다. 돈이 없으면 주눅 드는 줄 몰랐다. 돈이 얼마나 사람을 괴롭히는지 몰랐다. 이러다 아프면 돈이 없어 치료를 못 받겠구나 싶어 두려웠다. 일어나지 않은 일이지만 겁이 덜컥 났고 곧장 실손보험에 가입했다. 없는 살림에 보험료까지 내려니 마음이 답답했다.

'이렇게 평생 살아야 하나? 정녕 빛은 없을까? 우리가 모르는 방법이 있지 않을까?'

그사이 둘째가 태어났고, 세 번째 집에서의 전세계약이 끝날 무렵 집주인은 또 나가달라고 했다. 오르든 내리든 집을 사기로 나 혼자 마음먹었다. 더러워서 못 살겠다며 남편을 설득했다. 이왕이면 이사하지 않고 살던 집을 매수하고 싶었는데, 무슨 심보인지 집주인은 우리에게 집을 팔지 않겠다고 했다. 아마도 집값이 보합세(오르지도 내리지도 않는 상태)이니 좀 더 오른 후 팔려는 생각이었나 보다. 오기가 생긴 나는 어떻게든 집을 사고야 말겠다고 다짐했다. 몇 날 며칠 둘째를 아기 띠에 메고 집을 보러 다녔고 옆 동네 구축아파트를 매수했다. 은행 대출을 최대한 당기고도 돈이 부족해 새로운 마이너스통장을 개설하고 기존 마이너스통장 한도를 높였다. 집만 생기면 괜찮을 줄 알았다. 주택담보대출은 거치기한이 있어서 그대로 두고 우선 마이너스부터 갚아가기로 했다. 소비를 이전보다 더 옥죄고 급여 외 보너스가 나오면 만져보지도 못한 채 마이너스통장으로 보내 빚을 갚았다. 처음엔 마이너스 금액이 줄어듦에 보람을 느꼈다. 한 6개월쯤 지났을 무렵 현타가 왔다.

'가만있어봐. 이렇게 갚아서 주택담보대출은 언제 다 갚아?'

머릿속으로 계산기를 두드리니 당시 영유아였던 아이들이 대학생이 될 때까지 갚아야 상환이 끝났다. 물론 상환금액을 늘려 기한을 조금 당길 수는 있겠으나, 그래 봤자 2~3년이었다. 그럼 나는 지금처럼 계속 아끼고 아끼고 또 아껴서 55살이나 되어야 빚 상환이 끝나는 건데, 아파트 대출을 다 갚자마자 대학교 학자금을 대출받을 사이즈다. 그럼 그 이후에도 학자금 대출을 계속 갚아나간다면, 60이 되어도 빚을 갚고 있어야 한다. 생각만으로도 지긋지긋했다. 돈이 있는데 아껴 쓰는 것과 없어서 아껴 쓰는 것은 천지 차이다. 검소한 소비습관이 몸에 배었지만 끝이 안 보이는 빚 상환은 보복 소비를 낳았다. 아끼고 아끼다 내가 타서 없어질 지경이 되면 통 큰 외식을 한 번씩 하고 공허함에 몸져눕거나 이유 없는 우울감에 밤새 TV를 보고 하루종일 잠을 잤다.

돈 버는 방법은 직장에서 월급 받는 방법이 유일하다고 생각했다. 적당히만 있으면 된다고, 너무 많으면 오히려 불행이 찾아

온다고, 근로를 통해 벌지 않는 돈은 검은돈이라고 생각했다. 지금까지의 생각이 혹시 잘못된 건 아닐까? '돈'에 대해 알아보기 시작했다. '자본주의'가 무엇인지 공부했다. 'EBS 자본주의' 다큐멘터리를 보고 '돈'에 대한 관점이 바뀌게 되었다.『부자 아빠, 가난한 아빠』를 보고 화가 났다. 특히, 부자는 경제위기를 기다렸다가 부를 축적한다는 내용에서 분노가 일었다. 돈의 속성에 대해, 돈 버는 방법에 대해 왜 아무도 알려주지 않았는지 원망스러웠다. 대출에 대한 선입견을 버리고, 착한 대출을 이용하는 방법에 대해 고민하기 시작했다. 자본금이 없는 우리 형편에서 할 수 있는 투자 방법을 찾아 헤매기 시작했다. 돈에 솔직하지 않았던 나는 돈 얘기는 저속하다고 생각했다. 많은 돈은 해롭다고 생각했고, 새 아파트를 분양받으려 휴가 내는 직원을 한심한 눈초리로 바라봤다. 모든 투자자를 투기꾼으로 몰아붙였고, 주식은 도박이라고 절대 하면 안 된다고 생각했다. 부동산 투자자는 모두 투기꾼이라 생각했다. 돈이 없어 궁지에 몰리기 전까지 돈에 대해 진지하게 생각해본 적이 없었다. 돈이 없으니 작은 일에도 신경이 곤두섰고, 5천 원 내지 만 원 때문에 남편과 싸우지 않아도 될 일에 눈 흘기며 싸웠다. 나중에 돌아보니 고작 만 원 때문이었다.

가정의 평화와 자녀 교육은 엄마의 심리상태에 달렸는데 돈 때문에 힘든 엄마 마음은 널뛰기 뛰듯 오르내린다. 돈 때문에 힘들다면, 돈에 대해 진지하게 생각해보길, 돈에 대해 공부하길 진심으로 권한다. 부동산이면 부동산, 주식이면 주식 딱 3권의 책 읽는다면 각자만의 방법을 궁리하게 될 것이다. 내가 돈 공부를 하며 읽었던 도서를 추천한다. 무조건 읽으라는 것은 아니며 각자의 눈높이에서 잘 받아들여지는 책을 고르면 된다. 『EBS 자본주의 1, 2, 3(영상도 있음)』, 『부자 아빠, 가난한 아빠』, 『세이노(다음카페 등 파일 돌아다님, 정식 출판하지 않음)』, 『나는 오늘도 경제적 자유를 꿈꾼다』, 『당신에겐 집이 필요하다』, 『엄마, 주식 사주세요』, 『부자언니 부자특강』 더 이상 통장 쪼개기만으로는 부족하다. 쪼개도 쪼개도 살림이 나아지지 않는다면, 일해서 버는 근로소득만 깨끗한 돈이라는 그 생각부터 바꿔야 한다. 자본주의를 이해해야 우리 대에서 가난을 끊을 수 있다. 그 시작은 엄마의 생각 변화에서부터 시작된다.

근로소득이 전부가 아니다.
근로소득만 깨끗한 돈이 아니다.
나도 너도 누구나 부자가 될 수 있다.

/ 완벽하진 않지만 괜찮은 엄마가 되고 싶어 /

내일도 출근하는
그대에게

"지금 퇴근해요?"

아이 둘을 데리고 엘리베이터를 타는데 같은 통로 아주머니가 묻는다.

"들어가서 또 밥해 먹여야 할 거 아냐. 아유~ 힘들죠? 애쓰네, 애써."

지나가며 하신 말씀에 울컥 목이 멘다.

"공무원은 애 키우며 직장생활하기 편하지."

"애 둘 낳고 돌아갈 수 있는 게 어디야."

"육아휴직을 두 번이나 했는데 회사에서 다시 받아줘?"

아이 둘 낳고도 복직이 가능한 직장을 감사히 생각하지만, 근거리에 양가 어른 안 계신 환경에서 부부 오롯이 아이를 키우기

/ 엄마가 지치지 않는 행복한 육아생활 /

란 쉽지 않다. 인사이동, 복직, 1년 중 가장 바쁠 때면 아이들은 꼭 아프다. 근무 시간 중 어린이집에서 전화가 온다. 낮에 오는 전화는 보통 좋은 일이 아니다.

"어머님, 혜원이가 열이 나네요."

급히 조퇴를 신청하고 병원에 아이를 데려갔다.

"A형 독감입니다."

여름휴가로 워터파크에 다녀온 후, 어린이집에서 또 낮에 전화가 온다. 열이 나는데, 손바닥이 좀 이상하단다. 또 헐레벌떡 조퇴를 하고 병원에 데려가니 "수족구예요. 5일 동안은 집에 있어야 돼요." 며칠간 격리가 필요한 전염병 확진을 받았을 때, 입원치료 제안받았을 때 내 머릿속은 하얘진다.

'어쩌지, 어쩌지, 지금 일이 한창 바쁜 때인데, 엄마도 몸 안 좋으신데, 어쩌지.'

둘째 육아휴직 마치고 복직을 하루 앞둔 날, 첫 돌을 열흘 앞둔 둘째가 폐렴으로 입원을 했다. 1월 1일자 복직으로 1월 2일에 출근해야 하는데, 1월 1일 오후에 입원 통보를 받은 상황이었다. 1년여 만에 첫 출근인데, 첫 출근부터 아이 입원한다고 출근을 안 할 수도 없고, 얼마나 마음을 졸였는지 모른다. 새해 첫날이라 시무식이 예정된 남편이 휴가를 낼 수도 없었다. 믿는 구석이라고는 친정 부모님뿐이니 급히 친정엄마께 연락을 했다. 소아과 입원실은 늘 만원으로 6인실로 시작해 2인실, 1인실로 이동하게 된다. 1인실에 도달하면 곧 퇴원이다. 우리 애가 잘 자면 옆 침대 아이가 울고, 옆 침대 아이가 잘 자면 우리 애가 운다. 병원 유모차에 태워 밤새 병실 복도를 돌며 뜬눈으로 밤을 지새우고 1년 만에 복직하던 날, 크리스마스이브 사무실에서 서류 검토하다 첫째 아이 독감 확진 받았던 날, 첫째 수족구를 둘째도 옮아버려 발을 동동 굴렀던 날, 신종 코로나바이러스 유행으로 학교 개학이 연기되고 학원과 어린이집 무기한 휴원 중 새로운 부서로 인사 발령받은 날, 수없이 머릿속이 하얘졌던 날들이다. 맞벌이 육아, 정말 만만치 않다. 미치겠다는 말이 수시로 튀어나온다.

'힘들지만 장점은 없을까?'

언제까지 신세 한탄만 할 수 없기에 장점을 찾아보았다. 긴 생각 끝에 드디어 찾아낸 장점은 양성평등, 부부의 철저한 공동육아다. 친정엄마는 결혼, 출산으로 일을 그만두셨다. 엄마는 57년생인데, 내가 직장생활을 시작한 2008년 당시에도 엄마 또래의 여성 직원(당시 50대 초반)이 거의 없었다. 결혼으로 인한 퇴직, 그 시절 많은 여성이 겪은 수순이었을 것이다. 학교 다니며 연세든 여선생님은 더러 있었는데, 유난히 학교 외 조직에는 여성이 드물다. 일을 그만둔 엄마는 집안일, 자녀에 대한 일을 전부 도

맡았고, 가정에서 일어나는 대부분의 일은 전업주부인 엄마 몫이었다. 잘해야 본전이고, 실수가 있을 때면 당연히 엄마 탓이었다. 나와 남동생의 공부가 시원찮아도 엄마 탓, 재산을 불리지 못하는 것도 엄마 탓, 음식 맛이 흡족하지 않으면 쏟아지는 타박 등 안 그런 가정도 있겠지만, 돈 벌지 않는 엄마는 돈 버는 아빠의 눈치를 늘 살펴야 했다.

맞벌이로 지내보니 부부가 함께 일하므로 남녀 구분이 없다. 어쩔 수 없이 엄마 손이 더 필요한 부분이 있지만 빨래, 청소, 설거지 남녀 구분이 없다. 아이들은 힘세고 체력 강한 아빠가 집안일을 더 많이 하는 걸 당연히 받아들인다. 어린이집 수첩은 꼭 엄마만 쓰는 게 아니라 아빠가 쓸 수도 있고, 초등학교 알림장 앱은 엄마만 설치하는 게 아니라 아빠도 설치하고, 빨래, 설거지는 엄마만 하는 게 아니라 아빠가 더 잘할 수 있고, 요리는 엄마만 하는 게 아니라 아빠도 할 수 있다고 생각한다. 양성평등은 책으로 배우기 어렵다. 참고로 요즘은 생활의 질을 높여주는 유용한 가전제품의 도움을 받는 것도 정말 좋은 것 같다. 내가 써 본 것 중에 맞벌이 필수템이라 할 만한 것들을 추천해 본다.

요즘은 세탁기와 더불어 이미 갖추고 있는 집이 많지만, 혹시나 구입을 망설이는 1인이 있을까 봐 추천한다. 8kg 살까, 12kg 살까 고민하다 세일기간 끝나고, 장바구니에 담아두었는데 품

/ 완벽하진 않지만 괜찮은 엄마가 되고 싶어 /

절되어 버리고 마는 건조기다. 그냥 집에 들일 수 있는 사이즈로, 너무 비싸지 않은 모델로 빨리 주문해서 하루라도 먼저 쓰는 게 이득이다. 식구가 별로 없어서, 빨래 개는 걸 좋아해서, 빨래는 햇볕에 말려야 제맛이라, 우리 집은 수건 별로 안 써서 등에 해당된다면 노터치다. 애들이 맨날 벗어젖히는 내복, 겉옷, 양말, 자꾸 쌓이는 수건 등 게다가 어린아이들 옷이나 양말은 작아서 빨래건조대에 널면 잘 떨어진다. 나는 2017년에 8kg짜리 보급형(안 비싼 거) 건조기를 구입해 만족하며 잘 쓰는 중이다.

두 번째로는 '식세기 이모님'이라는 용어가 생길 만큼 생각보다 훨씬 유용한 식기세척기다. 『일하면서 밥해먹기』라는 책을 통해 처음 식기세척기의 편리성을 알게 되었다. 23평 아파트로 이사하며 그전보다 주방에 여유가 생겨 6인용 식기세척기를 구입했다. 3년간 잘 쓰다가 고장이 나, 이후 3년간은 렌탈로 이용했다. 최근 이사하며 8인용 식기세척기를 싱크대 하단부에 설치해 1년간 쓰고 있다. 우리 집은 애벌 설거지를 해서 넣는 편인데, 빠르게 하면 5분 정도 걸린다. 써보지 않았을 때는 세척 시간이 1시간 이상 걸린다는 점, 어차피 애벌을 해야 하는데 얼마나 차이가 있겠나 생각했지만, 딱 한 번 사용해보고 괜한 걱정이었다고 느꼈다. 친정엄마가 우리 집에 오셔서는 자리만 차지하고 시간도 많이 걸린다고 말씀하셨는데, 몇 번 사용해보신 후 너희 집

/ 엄마가 지치지 않는 행복한 육아생활 /

엔 꼭 있어야겠다고 말씀하실 정도다. 5분, 10분이라도 설거지 시간을 단축하고 그 시간에 아이를 그냥 바라봐도 좋고 얼른 씻고 잘 준비를 하든지 멍을 때려도 좋다(실제 단축되는 시간은 훨씬 길다).

세 번째는 로봇청소기로 비교적 우리 집에 가장 최근에 들여와 이제 1년 반째 사용 중인데, 청소 때마다 감탄이다. 국내 중소기업 제품을 40만 원가량에 구입했는데, 두어 달 사용한 후 남편에게 말했다.

"얘는 자기 몫만큼 했어. 본전 뽑았다."

초등학교 때 어린이회관에 가면 미래에는 집에 로봇이 하나씩 있을 거라고, 집 밖에서도 에어컨을 켜고 끌 수 있고, 집 안의 많은 가전기기를 밖에서 조정할 수 있다고 했는데, 그때 말했던 그 로봇이 이 로봇인지 모르겠으나 볼 때마다 신통하다. 심지어 걸레질까지 한다. 외출 전 바닥에 있는 물건을 싹 치우고 나갔다가 집에 들어오기 30분 전에 스마트폰 앱으로 청소기를 가동시킨다. 물걸레질을 하기 때문에 너무 미리 청소하면 냄새날 때가 있어서 집에 들어가기 30분 내지 1시간 전에 가동을 시작한다. 도착하면 말끔히 청소를 마치고 충전소에서 휴식을 취하고 있는 신통방통 로봇청소기를 흐뭇하게 바라볼 수 있다.

"청소를 시작합니다."

/ 완벽하진 않지만 괜찮은 엄마가 되고 싶어 /

"충전하러 갈게요."

"걸레 키트가 분리되었습니다."

청소기도 말을 하는 기가 막힌 세상, 도도하고 경쾌한 그녀의 목소리에 기분이 좋다. 유유히 청소를 마치면 외친다.

"청소를 끝냈습니다. 충전하러 갈게요."

하루하루 맞벌이 육아가 버거운 그대, 주택담보대출 원리금 상환만 아니라면 당장 집에 들어앉고 싶은 그대, 출근하기 싫어 환장할 것 같은데 내일도 출근해야 하는 그대에게 보낸다. 나마스떼!

/엄마가 지치지 않는 행복한 육아생활/

우리들의
행복한 육아

어느 주말, 동네 돈까스 맛집에서 점심을 먹다가 저 건너 테이블에 앉은 커플이 눈에 들어온다. 여자친구는 자기 밥을 한 숟갈 떠서 남자친구에게 맛보라며 건넨다.

'저런 때가 있었지.'

결혼하고 돌이켜 보니 20대 대학생활부터 결혼 전까지의 시간이 찰나처럼 지나갔다. 정작 그 찰나 안에 있을 때는 영원처럼 길게 느껴졌는데 말이다. 저런 때가 우리 부부에게도 분명 있었는데⋯. 아마 지나고 나면 아이를 키우는 지금 이 길고 지난한 세월도 찰나로 느껴지겠지? 모든 연인은 결혼이라는 관문을 지나 다양한 형태의 고비를 만난다. 내게는 그 고비가 '돈'이었다. 첫째가 초등학교 입학할 때까지 내 머릿속을 가득 채웠던 말풍

선에는 이런 말들이 쓰여 있었다.

'결혼을 안 했다면, 시댁에서 5천만 원만 지원해줬다면, 시댁에서 남편 빚만 갚아줬다면, 남편의 빚이 없었다면, 남편이 5천만 원만 있었다면, 시댁에 생활비만 안 드린다면.'

온통 가보지 않은 길, 빚, 돈, 5천만 원, 시댁으로 머릿속이 가득 찼다. 몸져눕다가, 내 말 좀 들어달라며 하소연하다가, 매일 지겨운 레퍼토리를 반복하다가 불현듯 든 생각이 있었다.

'고작 1~2억 때문에 이렇게 평생 살래?'

분명 큰돈이지만, 인생을 볼모 잡힐 만큼의 액수는 아니라고 여겨졌다. 어떻게든 벗어나야 했다. 20대에 내내 읽은 자기계발서를 다시 꺼내 읽었다. 생생히 꿈꾸고 간절히 바라면 이루어진다고 하니까. 막막했지만, 최면을 걸고 또 걸며 덜 후회스러운 하루를 보내려 애썼다. TV를 하루 종일 보고 나면 드는 허무함을 느끼지 않기 위해 홈쇼핑 채널을 지우고, TV 선을 뽑았다. 몸져눕는 엄마 모습을 그만 보여주고 싶어 상담실을 찾았다. 책을 볼 때면 현실 걱정에서 벗어날 수 있었고, 뿌듯함도 느껴졌기에 책을 수시로 펼쳤다. 돈 걱정에서 벗어나고 싶어 부동산 관련 책의 저자특강을 듣고, 카페에 가입하고, 전문가 영상을 찾아보고, 전문가가 알려주는 대로 부동산 관련 앱을 깔았다. 전문가가 하라는 대로 지도 앱으로 전국 방방곡곡을 눈이 아프도록 들여다보며 입지 좋은 곳을 찾기도 했다. 부동산에 대한 책을 읽고, 주식에 대한 책을 읽으며 돈에 대한 관점을 바꿨다. 일해서 버는 돈 이외에 돈 버는 방법을 찾아 헤맸다. 노동으로 버는 돈만이 신성하다는 생각을 버리고 돈을 통해 돈을 벌 수 있다는 자본주의를 이해하게 되었다. '가난을 알아야 참부자'라는 문장을 늘 상기하며 지금 겪는 어려움은 참부자가 되기 위한 과정이라 스스로 위안 삼았다. 원하는 소원을 학창시절 빽빽이 하듯, 종이에 반복해서 적기도 했다.

종잣돈이 없는 우리 형편에 할 수 있는 투자 방법을 찾다 보니 경매에 결론이 닿았다. 도서관에서 경매에 대한 책을 에코백 가득 빌려 어깨에 이고 나왔다. 경매라니, 드라마 속에서나 봤던 경매라니, 내 자신이 결국 갈 때까지 갔구나 싶었다. 경매의 실체를 알고 나니 막연히 알고 있던 것과 달라 남편을 설득했다. 처음엔 거부하던 남편은 경매 관련 책을 몇 권 읽더니 휴가를 내고 법원에 갔다. 이제 막 법원 분위기를 익힐 무렵 덜컥 낙찰을 받았다. 중소도시의 아파트 1층이었는데, 남편 혼자만 응찰한 단독낙찰이었다. 경매 또한 좋은 물건은 경쟁이 높고 그렇지 않은 물건은 아무도 응찰하지 않아 유찰되거나 딱 한 사람만 응찰하여 '단독낙찰'되곤 한다. 2018년 10월의 어느 평일, 오전 10시경, 사무실에서 전화를 받았다. 전화기 너머에서는 다소 상기

된 듯한 남편의 목소리가 흘러나왔다.

"낙찰받았어."

"진짜? 대박!"

"근데, 단독낙찰이야."

지금도 생생한 그 당혹스러움이란. 혹시 범죄 현장은 아닐까? 집에 큰 하자가 있는 건 아닐까? 문을 열고 들어갔는데, 바닥이 흥건하게 젖어있으면 어쩌지? 별의별 생각이 다 들었다. 다행히 문제가 있는 집은 아니었다. A형 사다리를 구입해 수리할 수 있는 곳을 손봤다. 전 거주인이자 집주인으로부터 명의를 넘겨받는 명도 과정이 순탄치 않았다. 연락이 잘 되지 않는데다 열쇠를 주기로 한 날짜에 휴대전화 전원이 잠시 꺼져 있기도 했다. 어렵사리 열쇠를 받고 명의를 이전하고 전세를 내놓았지만, 나가지 않았다. 한 달, 두 달 버티니 슬슬 불안해졌다. 대출 이자도 목까지 차올랐다. 무려 여섯 달의 공실 기간을 버틴 후 간신히 세입자를 맞았다. 결국 수익도 남기지 못했지만, 경매의 실체를 알았고, 부자들은 때를 기다렸다가 경매를 통해 부를 증식한다는 점을 알게 되었다. 큰 그림을 그리고 시작하지 않았다. 그때그때 할 수 있는 것을 찾고, 공부하고 실행했다. 그저 하루하루를 덜 후회스럽게 보내는 데 집중했다. 며칠 하다가 지쳐 그만두었다가 다시 시작하고 그만두고 또 시작하기를 무한 반복했다. 지나

/ 완벽하진 않지만 괜찮은 엄마가 되고 싶어 /

고 보니 가늘게라도 지속하는 것이 가장 중요하더라. 당장 앞이 보이지 않았지만 '불가능'이라는 단어는 머릿속에서 지우고 '가능'에 초점을 맞췄다. 그렇게 5년을 보내니 영유아기 아이 둘은 11살, 7살이 되었고 아이들이 성장한 것처럼 엄마인 나도, 남편도 성장했다. 모든 부모는 어떻게 하면 아이를 잘 키울지 늘 고민하는데, 내가 생각하는 정답은 '엄마부터 잘 살자'이다. 미혼인 회사 동료가 결혼과 출산이 두렵다고 했다.

"저는요, 결혼하고 아이 낳는 게 걱정돼요."

"왜요?"

"아이를 잘 키울 수 있을지 모르겠어요."

"음… 잘 키우는 게 뭔데요? 때리지만 않으면 되지 않나?"

미혼인 여직원의 고민을 한 방에 날리는 쿨한 엄마의 대답에 한바탕 웃었다. 인사성 밝은 아이, 잘 웃는 아이, 타고난 리더십으로 간부 활동하는 아이, 공부 잘하는데 예쁘기도 한 아이, 배려심 많은 아이, 당당한 아이, 한 마디로 지성과 인성을 겸비한 전인적인 아이가 되었으면 하는 게 부모의 심정이다. 나는 그러지 못했으면서 아이는 그러길 바란다. 나보다 괜찮은 아이로 키우고 싶다. 그러려면 엄마부터 잘 살아야 한다. 나부터 다른 사람 욕하지 않고 존중하며, 나부터 책 읽고, 나부터 부모님 찾아뵙고, 나부터 좋은 사람이 되는 것이다. 다른 사람과 나를 비교하지 않고, 먼 미래보다는 지금에 집중하고, 아이가 부를 때 즉각 반응하고, 내가 좋아하는 것을 알아가고, 기분 좋은 시점을 파악하고, 바로 지금 여기에 집중하는 것, 어제보다 오늘이 조금 낫도록 애쓰며 말이다. 아이에게 "엄마처럼만 살아"라고 자신 있게 말할 수 있는 그런 엄마가 되어보자.

완벽하진 않지만 괜찮은 엄마가 되고 싶어

초판 1쇄 발행 2022년 7월 5일

지은이 조선희
그린이 전혜원
펴낸이 정혜윤
디자인 김미영
펴낸곳 SISO

주소 경기도 고양시 일산서구 일산로635번길 32-19
출판등록 2015년 01월 08일 제 2015-000007호
전화 031-915-6236
팩스 031-5171-2365
이메일 siso@sisobooks.com

ISBN 979-11-92377-09-4 (03800)